別府フロマラリン

別府フロマラソン

明礬温泉
岡本屋
鶴寿泉
扇山
地獄めぐり
鉄輪温泉
地獄蒸し工房
鉄輪むし湯
ひょうたん温泉
七ツ石温泉
柴石温泉
柴石温泉
大分香りの博物館
血の池地獄（足湯）
龍巻地獄
長泉寺薬師湯
別府大学
中部中学通り
北石垣公園
別府大学
四の湯温泉
亀川筋湯温泉
九州横断道路
別府大学通り
春木川
餅ケ浜温泉
亀川温泉
亀川
別府中央郵便局
国道10号線
競輪温泉
日出・杵築
大分空港方面
別府海浜砂湯
別府国際観光港

別府
フロマラソン
マップ
湯布院・日田方面
夜明温泉
別府ロープウェイ
鶴見岳
堀田温泉
夢幻の里
春夏秋冬
別府IC
南立石公園
観海寺温泉
松乃井ホテル
棚湯
いちのいで会館
別府ラクテンチ
別府ビーコンプラザ
グローバル
タワー
べっぷ昭和園
旧別府商業高校
別府アリーナ
別府公園
別府市役所
九日天温泉
別府大仏跡
別府市公会堂
野口天満神社
錦栄温泉
朝見神社
茶房たかさきの湯
山田温泉
不老泉
別府
駅前高等温泉
油屋熊八像
やよい天狗通り
海門寺温泉
浜脇温泉
永石通り
別府温泉
流川通り
駅前通り
富士見通り
浜脇モール
秋葉通り
梅園温泉
浜脇温泉
竹瓦温泉
湯都ピア浜脇
トキハ
東別府
ゆめタウン
（旧別府港）
別府タワー
北浜
バスセンター
大分方面
高崎山

装幀・装画・マップ　藤沢さだみ

本文中の太字については、巻末に別府温泉道名人会と学生有志による注釈が載っています。作品とあわせてお楽しみください。

1

山は富士、海は瀬戸内、湯は別府――そんな湯都、別府にも春が訪れ、メジロや鶯《うぐいす》が鳴きはじめ、桜の花が見ごろを迎えようとしていた。

春といえば、出会いと別れの季節である。**別府大学**の各サークルでも、在学生が涙ながらに先輩を送りだし、その涙のあとが乾く間もなく、今度は来たる新一年生を迎える準備に忙しくしていた。

しかし、別府大学で最古の歴史を誇る温泉研究会の面々は違う。

「先輩は、今年も卒業できませんでしたね」

「うるさい。温泉道を極めるのに、四年では短すぎるのだ」

「四年って、十三《じゅうざ》先輩は、もう四年以上いるじゃないですか」

鉄輪《かんなわ》温泉の**蒸し湯**で横たわりながら、二人の大学生がなごやかに会話を交わしている。

先ほどは、温泉研究会の「面々」などと見栄《みえ》を張って言ったが、会員はこの二人で全員である。

温泉研究会とは、読んで字のごとく、別府にある温泉をめぐり、温泉道を極めんとするサークルだ。かつては、学内でも一大勢力を築き、温泉名人を続々と輩出し、一目置かれていたのだが、近ごろでは、混浴温泉サークルという巨大《マンモス》サークルができて以来、そちらに新人を奪われてしまい、細々と活動している。

特に女子の入会状況は深刻で、「温泉研究会は、女人禁制《にょにんきんせい》」というデマまで流され、混浴温泉サークルが華やぐ一方、温泉研究会はむさ苦しさが増すばかりだった。

もっともその主な原因は、他サークルや女人禁制の噂ではないだろうが。

「いいか、湯太郎。日本では、ものを数えるとき、一、二、三と言うだろ。文字の形を見ても、そこまでは単純な加算式だ。ところが、次にくる『四』はどうも勝手が違う。これは何故《なにゆえ》か。それはだな、古《いにしえ》のころ、三より先はすべて『三』という考え方があったからだ。つまり、一、二のあとは、すべて『三』であり、『たくさん』なのだ。このような考え方は、古来の日本だけでなく、世界各地の未開民族で見られる。さて、文明が進んだとはいえ、大学は伝統を重んじる場である。ゆえに大学では一、二、三、四年まで数えるが、四年から先は、すべて四年生である。だから、温泉道を極めるのに四年では足りぬという表現は間違っていないのである」

そう言うと、十三先輩は、「がははっ」と豪快《ごうかい》に笑い声をたてた。

四角い顔に無精《ぶしょう》ひげを生《は》やし、下腹がぽっこりと突き出ている。四頭身に近い体格はさておくとしても、およそ大学生らしくない風体《ふうてい》だ。

楽しいキャンパスライフを夢みて、温泉研究会の門を叩《たた》いた入会希望者は、温泉道の心得が壁に貼られ、古今東西の温泉にまつわる書物や、ありとあらゆるアニメやドラマの温泉回を録画したビデオテープが山積みになった部室の中央で、胡坐《あぐら》をかいた十三先輩がぐつぐつと鍋を煮立たせているのを目にして、怖れをなして一目散に逃げ出してしまう。誰も来ない部室で一人鍋をしているのが薄気味悪かったのか、不審者がいると通報されたことさえある。

しかし、十三先輩は見かけ倒しではない。普通の大学生とは一線を画すどころか、大物の風格さえある。学内に飛び交う先輩の逸話《いつわ》は尽きず、生まれてから三日で立ちあがり、天と地を指さし、一言、「湯」と言ったとされる。西郷どんを彷彿《ほうふつ》とさせる、濃い顔だちと四頭身に近い体格から、先輩は**別府大仏**の生まれ変わりとさえ言われている。

先輩はその年齢不詳の風体もさることながら、住所も不明で、風のうわさでは、別府の山中に建つ廃ホテル（温泉だけが滾々《こんこん》と湧きつづけている）で寝泊まりし、**鶴見岳**《つるみだけ》から吹きおろす強風、通称**鶴見おろし**を摑んで、大学へ通ってくるとの目撃談もある。

だが、その念力を使うのにはよほど力がいるのか、講義にはほとんど出席しないので、卒業単位が足りていない。湯太郎は、部室でくしゃくしゃになった成績表を見つけてしまったことがあるが、失格になった単位以外も最低点での合格がほとんどで、そんな中で燦然《さんぜん》と煌《きら》めいていたのが**温泉学概論**の満点での合格である。のちに耳にしたところでは、温泉について二〇〇〇字以上というレポート課題に、十三先輩は、四〇〇〇〇字の大作を著《あらわ》し、提出したらしい。

　さて、その先輩に対して、

「先輩は四年目が長すぎます。先輩のせいで四年生のエントロピーが狂ってしまいます」

と合いの手を入れているのが、本編の主人公、明礬《みょうばん》湯太郎である。この春から新三年生である。県外出身の湯太郎は、温泉に興味があったわけでもないのだが、入学式が終わるや否《いな》や、十三先輩が、温泉地に漂う硫黄臭よろしく、どこからともなくふっと現れ、

「君の名前は、別府温泉に入るために生れてきたようなものではないか」

と言われ、有無をいわさぬ態度で温泉研究会に入会させられた。初めは湯太郎も抵抗したが、再三再四《さいさんさいし》付きまとわれ、三日三晩下宿の前で張りこまれたので、ついに音を上げ、温泉研究会に入会することになった。

　最初は嫌々であったが、いまでは案外気に入っていて、十三先輩と温泉巡りを楽しんでいる。部室でも、歴代の**別府八湯温泉本**をぱらぱらとめくり、ラーメン屋が営んでいたという、今はなき名湯について先輩に尋ねたり、十返舎一九《じっぺんしゃいっく》の「東海道中膝栗毛」や夏目漱

石の「草枕」に描かれた温泉について、先輩と湯けむり談義を熱く交わす日々を送っている。

二人が今いる蒸し湯は、石室内を噴気で熱したもので、石菖《せきしょう》という薬草が床に敷きつめられている。別府にある**三大特殊風呂**の一つで、温泉の噴気をつかったサウナのようなものだ。

入浴者は専用の浴衣を着て、薬草の上に寝転がる。すると、たちまち熱気で汗がにじみだすだけでなく、噴気が肺から入って体内をめぐる。体の内と外から癒やされ、身も心も軽くなる上、「豊後《ぶんご》鉄輪むし湯のかへり　肌に石菖《せきしょう》の香がのこる」と、**野口雨情**の歌の通り、内湯で汗を流した後でも、石菖の芳香がやさしく体を包んでくれる。

入浴の目安時間は、十分程度とされ、八分が過ぎると、番台が菩薩《ぼさつ》のごとき声で、

「お時間になりましたが、延長されますか」

と聞いてくれ、最長で十分まで入ることができる。二人の後から入ってきた客は、九分まで粘ったが、辛抱できなくなり、二人を残してそそくさと出て行った。

これで、湯太郎たちが見送った客は十人を越えた。

「今年はよい仕上がりだな」

そう言って、十三先輩は、がははっと笑った。二人は、特別な許可をもらい、かれこれ二時間以上、蒸し湯に入っている。

「ええ、これなら上位を狙えそうです」

「いや、上位など意味がない。フロマラソンでは、一等以外には意味がない」

「ぜひ、我々のどちらかが一等を獲れるといいですね」

「うむ」

十三先輩は大仏顔に、大粒の汗をいくつも浮かべながら、深々とうなずいた。

彼らが「フロマラソン」と言っているのは、「別府フロマラソン」のことだ。その起源はさだかでないが、別府武者小路泉家《むしゃこうじせんけ》が毎年開いている伝統行事である。

近ごろ別府では、**表泉家**《おもてせんけ》が「**べっぷフロマラソン**」なるイベントを開催しており、フルマラソンの走行距離にちなみ、別府にある温泉を四十二湯と駅前の手湯（〇・一九五湯換算）に浸かる、別府ならではのご当地イベントである。開催期間は、春の**温泉まつり**の三日間、移動手段は自由、各温泉間をつなぐバスやタクシーも増便され、完湯者《かんとう》が続出するなごやかなイベントだ。

対して、湯太郎らが参加を目論《もくろ》む、武者小路泉家の「別府フロマラソン」は、過酷を極める。別府にある八つの代表的な温泉郷「**別府八湯**《はっとう》」から、ランダムに選ばれる各一湯、計八湯を探しあて一日で回らなければいけない。

別府温泉は、その泉質や歴史的な繋がりから、八つの温泉郷に区分されている。駅前に広がる**別府温泉**郷、湯けむりで有名な**鉄輪温泉**郷、山間にある**堀田温泉**郷など、歴史ある八つの温泉郷を総称して「別府八湯」と呼ぶ。いわば別府には、温泉町が八つあるようなものだ。

つまり、フロマラソンの参加者は、当たり湯を求めて、市内に散在する温泉に片っ端から入って廻らなければならない。その源泉の数たるや、およそ二三〇〇。むろん、参加者には、どの湯が当たり湯に選定されたかは知らされておらず、よほど運がよい者でないかぎり、完湯するまでに、八湯以上の湯に浸かることになる。

それだけでない。フロマラソン当日には、扇山《おおぎやま》のどこかに、特設露天風呂が現れる他、普段は入れない「隠し湯」と呼ばれる湯まで出現し、参加者はそれらも探し当てねばならない。そのうえ表フロマラソンの開催期間が三日あるのに対して、裏フロマラソンは同じ温泉まつり期間でも、扇山で野焼きが行われる**火まつり**当日の一日限定開催である。日の出ごろから始まり、山焼きが終わるまでがタイムリミットで、最終目的地、すなわちゴールは、十湯を巡った者にだけ示されるらしい。

そんなフロマラソンを何より過酷にしているのが、移動手段の制約である。別府フロマラソンは、その日までの鍛錬で培った人間力と温泉愛が試される究極の試練なので、電車や自動車、バスといった文明の利器の使用は固く禁じられている。そのため、ゴールまで辿り着けるものはほとんどおらず、完湯者が出ない年も珍しくない。参加者は別府を散り散りに走り回っているため、それとわからないが、参加者を攫《さら》ってきて一箇所に集めれば、阿鼻叫喚《あびきょうかん》、地獄絵図となることは必至であろう。

その過酷さゆえ、

「フロマラソンは、温泉への冒涜だ」

と、非難の声が表泉家や裏泉家から相次いでいる。

本来、温泉とは一日一湯、のんびり湯船に浸かり、心と体を癒やすもののはずだ。また、身も心も素っ裸にして、居合わせた人々と団らんする場でもある。そういった空間だからこそ、「やわらかき湯気に身をおくわれもよし今宵《こよい》おぼろの月影もなし」と歌に詠《よ》まれた温泉情緒も生まれる。少なくとも、殺伐とした状況下で、慌てて浸かるものではなかろう。

それに対する武者小路泉家の言い分は、多くの温泉に浸かることにより、各個人のうちにひそむ自我を成長させることができる、というものだ。しかし、その主張が本当かどうか分からない。そもそも、「武者小路泉家」なる組織が存在するかすら、はなはだ怪しいのだ。

武者小路泉家は、白樺《しらかば》派の文豪武者小路実篤《むしゃこうじさねあつ》が保養で別府を訪れた際、たいそう別府の湯を気に入ったことから組織されたものと言われる。あまりの湯心地に、実篤が現代の理想郷を目指し開拓した「新しき村」を別府へ遷《うつ》すかどうか真剣に悩んだとか、悩まなかったとか。

しかし、誰も「武者小路泉家」なるものを見たことがないので、真偽のほどは分からない。

「先輩は、優勝したら、なにを願うのですか」

「……男は黙して語らず、だ。いくら裸一貫の付き合いといえ、夢は軽々しく口にするものでない」

十三先輩は口元を隠すように湯太郎から顔を背けた。この様子だと、先輩が愛してやまない、温泉アニメの公式キャラグッズ一式とか、その辺りだろうと、湯太郎は見当をつけた。

やれやれ、と溜息をつきそうになるが、自分の願いも邪念に満ちている点では大差ないかもしれない、と湯太郎は思い直した。湯太郎の頭には、とある乙女の姿が浮かんでいた。

フロマラソンを一番早く湯破《とうは》したものには褒美が与えられる。その者の望みが、何でも一つだけ叶うのだ。億万長者になることも、別府に永住することも、意のままだという。

フロマラソンが過酷にもかかわらず、参加者があとを絶たないのも、それが理由だ。

湯太郎らが、日々鍛錬しているのもフロマラソンに優勝するためである。しかし、別府大学の創立以来、百年以上の歴史を誇る温泉研究会でさえ、過去に一人の優勝者も輩出していない。十三先輩ですら、最高記録は十湯中七湯だという。その点では、「温泉道を極めるには四年では足りぬ」という言葉は真実にちがいない。二人は何としても、悲願の初優勝を遂げようと、最後の仕上げに余念がなかった。

「勝った時の話は、勝った時にしよう。それよりも問題は、参加資格を得られるか、だ。例の文言《もんごん》は『別府湾に太陽が出来《しゅったい》する時』だったな」

「そうです」

開始時刻にスタート地点にいることが、別府フロマラソンの参加条件だ。始まりの時刻は山焼きの日の未明ごろとだいたい決まっており、スタートの合図は「メイ」という名前の猫が務めることになっている。

このメイがまた摩訶不思議《まかふしぎ》な猫で、両目に異なる色を宿している。右目は透きとおった海のようなクリスタルブルーで、左目は満月を封じ込めたような黄金色である。いわゆるオッド・アイだ。普段は別府大学の坂を下ったところにあるリサイクルショップ「**べんり屋**」で飼われている。この猫が、火まつりの朝、夜が明けて初めて鳴いた時が、フロマラソンのスタートとなる。その場に居合わせないと参加資格が手に入らないので、毎年、フロマラソンに参加しようとする者が、メイを見失わないよう、夜っぴて大行列を作って別府をぞろりぞろりと練り歩くことになる。

ところが今年は、そのメイの行方が一週間ほど前からわからなくなっていた。湯太郎たちも別府市内を散々捜しまわってみたが、どこにも見当らない。その代わりに、「別府湾に太陽が出来《しゅったい》する時」と書かれた木札をぶら下げた猫が、市内の至るところで目撃されていた。文言の最後に「武」とマークがあることから、武者小路泉家からのメッセージだと言われている。

「別府湾に太陽が出来する時……普通に考えたら、当日の日の出のことですよね」

「そうなる。あるいは、**日の出温泉**が別府湾に移動するとか。武者小路泉家ならそれくらいやりかねない。が……」

二人は、後から入ってきた客に聞こえないよう、声を潜めてしばらく話をした。

「よし、そろそろ上がるか。体を休める、これもまた温泉道なり」

二人は相談を終え、蒸し湯を出た。湯太郎は体についた石菖の葉を払いながら、別府フロマラソンへの誓いを新たにした。

(明日はなんとしても優勝を勝ち取り、思いを告げよう)

湯太郎の胸には、想い人である愛夢《あいむ》ルナの姿がありありと浮かんでいた。

＊

いよいよ別府フロマラソンの朝が来た。別府湾には、日の出前から、湯という湯を巡り尽くした温泉狂たちが、続々とつどい、いつになく人の姿で溢れ返っていた。

しかし、日が昇っても、メイの姿はどこにも見当たらなかった。日の出とともに、どこからともなくメイが現れて、鬨《とき》の声をあげるに違いないと思っていた人々は、どうしたことかと右往左往しはじめた。

その様子を、フェリーターミナルでフェリーの出迎えを装って座っていた湯太郎と十三先輩は、愉快そうに眺めていた。ライバルは一人でも減ってくれた方がいい。

「先輩の読み通り、日の出のことではなかったようですね」

「とすれば、後はひとつだな。そろそろ頃合いか。行くとしよう」

湯太郎たちは船繋ぎ場に出た。フェリーが汽笛を鳴らしながら近づいてきた。大阪港と**別府観光港**を繋ぐ「**さんふらわあ**」が港に横付けしようとしている。フェリーの船腹には、大きな太陽が描かれている。

「まさに、『別府湾に太陽が出来する時』ですね」

「うむ、間違いあるまい。メイはあの船に乗っている。わしの髭がそう告げている」

十三先輩は、そう言って鼻の横をひくひくさせた。猫の真似をしているらしい。いや、よく見れば、丸いシルエットがどこぞの猫型ロボットに似ていなくも……と思っていると、湯太郎たちの後から、人がぞろぞろと出てきた。先ほどのフェリーターミナルにいた人の大半がやって来ている。

「どおりで、出迎えが多いと思いましたよ」

「あの程度のとんちでは、ふるい落としにもなるまい。見れば毎年見かける連中ばかりだぞ」

毎年って、もう何年参加しているんですか？　と湯太郎はツッコみそうになったが、なごんでいる場合ではない。ここに集っているのは、いわばライバルである。彼らを蹴落として、一番を獲らなければならないのだ。対抗勢力を分析する貴重な時間をムダにするわけにはいかない。

先ほどまでは一般人の格好をしていた人々が、おもむろに服を着替えはじめた。どうやら考えることは皆同じで、ライバルを減らすため、開始まではできるだけ目立たない格好をしていたようだ。各々、勝負服に着替えている。

湯太郎と十三先輩も、持っていた風呂敷から法被《はっぴ》を出して、着替える。藍色の背にある「別府大学　温泉研究会」の文字は、先輩たちの汗と涙で色あせている。

足元も十三先輩は高下駄に、湯太郎は草履《ぞうり》に履き替えて辺りを見てみると、たしかに先輩の言う通り、昨年見た人物がぽつぽつといる。山伏の三人組や、別府のゆるキャラ「べっぴょん」の着ぐるみ、「べっぴょん」のせいで別府では影が薄くなった大分のゆるキャラ「**めじろん**」に扮した人物、他にも別府八湯の温泉八十八か所を巡った**温泉名人**はおろか、八十八か所を十一巡した**永世名人**、二十二巡した**名誉名人**、三十三巡した**永世名誉名人**、四十四巡した**王位名人**、五十五巡した**永世王位名人**、六十六巡した**泉王名人**、七十七巡した**永世泉王名人**、八十八巡した**泉聖**、**ポール・クローデル**、**車いす温泉道名人**、**こど**

も温泉道の覇者温泉ちゃんぴょんまで、老若男女を問わず、ぞくぞくと港に人が集ってくる。

遠くばかり気にしていたが、ふと近くを見ると、どこか見覚えのある背の高い人物が立っていた。

「……あっ、カブトガニ先生じゃないですか」

その声で、向こうも気づいたようだ。カブトガニ先生がこちらに近づいてくる。

「やあ、明礬くんじゃないか。キミもフロマラソンに参加するのか」

「ええ。先生こそ、どこで別府フロマラソンをお知りになったのですか」

カブトガニ先生というのは、別府大学に赴任《ふにん》してまだ日の浅い、若い先生である。職員に顔を覚えてもらえていないので、時々学生に間違えられたりしている。一度、湯太郎がたまたま入試の日に、大学の前を通りかかったところ、カブトガニ先生が職員から受験生に間違えられて、身分証の提示を求められているのを見かけたことがある。若いというより、貫禄が足りないのだろう。

文学を教えているが、自分でも小説を書くらしく、別府には魔術的写実主義が似合うとか、別府をリトル京都にするとか、わけのわからないことを講義中に唱えている。もちろん、カブトガニ先生というのはあだ名で、無類のカブトガニ好きのところから来ている。研究室の壁にはカブトガニの折り紙が貼られていて、講義中に明言したところによると、カブトガニ先生が別府大学に就職したのは、カブトガニに会うためだとか。なんでも、別府から車で三十分の所に杵築《きつき》という城下町があるのだが、そこに天然のカブトガニが棲息しているらしい。つまり、別府大学は、日本で一番カブトガニに近い大学なのだそうだ。

カブトガニ先生は身の丈《たけ》《み》一九〇センチ近い長身なのだが、ひどい猫背でもある。しかも、それを猫背と呼ばれるのを嫌う。本人いわく、その見た目は、カブトガニの二億年変わらない、美しい甲羅の曲線に近づこうと日々努力して手に入れたもので、身も心もカブトガニに捧げた結果らしい。

「そういえば、キミは混浴温泉サークルに所属しているんだっけ？」

「違います、温泉研究会です。あんな軟派《なんぱ》な連中と一緒にされては困ります。ねえ、先輩」

と横にいた十三先輩に呼びかけたが、いつの間にか、先輩の姿は消えていた。

「もしや十三君も来ているのか。それもそうか。僕は海野先生と一緒なんだ。別府フロマラソンのことを教えてくれたのも、海野先生でね。面白そうだから、ひとつ小説のネタにでもと思ってね」

カブトガニ先生の後ろから、もう一人見知った先生が現れた。海野先生だ。英語の先生で、アメリカ南部文学が専門だとかで、非常に南部訛りの強い英語を話す。しかし、南部文学と言われても、湯太郎にはピンとこず、せいぜいテキサス親父ぐらいしかイメージが湧かない（そういえば、海野先生はテンガロンハットを被ればテキサス親父になりそうだ）。フォークナー辺りが専門だろうとよくわからないなりに勝手に思っている。

この先生が愉快な先生で、三分に一回は冗談を言って、学生を笑わせる。その癖、一番笑っているのは当の本人で、自分で言った冗談で目に涙を浮かべる始末である。海野先生は別府生まれの別府育ちのため、地元のあらゆる出来事に精通していて、別府で起きた事件について、あることからないことまで面白おかしく話してくれ、学生を笑いの渦に巻きこむ。

湯太郎は十三先輩を探して辺りを見渡したが、影も形もない。そういえば、十三先輩はこの海野先生が苦手らしい。幼い頃に悪さをしているところを懲らしめられたとかで、他の教員には屁理屈をこねて悪びれない先輩も、この先生からだけはこそこそ逃げ回っている。

「先生たちも、なにか願いごとがあるのですか」

「さすがに今回は様子見だよ。それより、別府フロマラソンが開催されている期間中は、異界が開くと聞いたからね。その機会を使って、やりたいことがあるんだ。実は……」

「しっー」

海野先生が慌てて口に指を当てながら、カブトガニ先生を制した。

「別府の者はどこで聞き耳を立てちょんかわかったもんじゃねえけん、あまり大声で触れ回らん方がいいっちゃ」

「それもそうですね。思えば、大学でもこの一年半の間に、散々苦しい目に遭いましたよ。トイレでボソッと給料が少ないと独り言をいったら、経理にまで伝わっていたなんてこともありましたし。まったく……。明磬くん、それじゃあ、ことが終わって、うまく行った暁《あかつき》には続きの話をしよう。では」

そう言って、二人はその場を去っていった。去り際に、カブトガニ先生が振り返り、左を指さし、

「そういえば、あっちで松乃井くんと元気屋くんを見かけたよ。挨拶しておいたら」

と付け加えた。松乃井と元気屋の名前に、湯太郎はドキッとした。先生はそれには気付かずに、離れていった。先生が指さした方向に、黒いスーツの集団を従えた松乃井繁《しげる》と、法被を着て円陣を組む一団の真ん中にいる元気屋千力《ちから》の姿が見えた。元気屋の足元には、何に使うのやら、長い竹と縄が何本も置かれている。

湯太郎は、この二人がスタート地点に現れないのをひそかに願っていた。

「あいつらは、愛夢ルナ狙いに違いなかろう。彼女との縁談が決まれば、宿の将来は、ひとまず安泰《あんたい》だからな」

いつの間にか十三先輩が戻ってきていた。

「先輩、どこへ行っていたんですか」

「うむ。ちょっと花を摘みにな。急にもよおしたもので」

なんと白々しい。しかし話がうやむやになったので、湯太郎はまあ良いかと思い、先ほどの話題は気にしていない風を取りつくろう。

しかし、先輩の口から「愛夢ルナ」の名前が出たことで、湯太郎は内心気が気でなかった。というのも、松乃井は、**丘の上に立つ一大ホテル**、松乃井ホテルの御曹司《おんぞうし》であり、「センリキ」とあだ名されている元気屋千力《ちから》も鉄輪にある老舗《しにせ》旅館の跡継ぎなのだ。彼らは、別府で名高い名士の一人娘、愛夢ルナとの縁談を狙っている。キャンパス内でも、彼女に付き纏《まと》う二人の姿が度々目撃されている。彼女の方では、気にする素振りもないので、湯太郎は安心しているが、うかうかしていると先を越される可能性がないでもない。

フロマラソンに勝てば、松乃井とセンリキは、愛夢ルナとの永遠の交際を願うだろう。彼女がそれを望むならまだしも、もしそうでないなら……湯太郎に異議申し立てをする権利はないのだが、とにかく彼らに負ける訳にはいかない。

湯太郎は、決意を新たにする。

「さて、いよいよだな」

先輩にそう言われて見てみると、「さんふらわあ」が岸に船体を横づけにして、大きな太陽のマークがすでに視界に入りきらなくなっていた。船体が完全に静止すると、スタッフが慣れた手つきでタラップを動かして、船に接続した。

フェリーの入口が開くより早く、船から橋の屋根にひょいと飛び移る白い影があった。そのままこちらへ向かって、一匹の猫が凛《りん》と歩いてくる。白く美しい毛並みは、遠目からでもメイだとわかる。橋の先まで来て、見あげる人々の前に立ったメイは、色の違う両目を水晶のように輝かせ、短く一鳴きした。

「ミャア」

さあ、闘いの火ぶたが切って落とされた。猫を注視していた人々は、一斉《いっせい》に向きを変え、走りはじめた。フェリーから全速力で飛び出してきた輩《やから》もいる。関西の温泉通だろう。

港を出た集団は大きく二つの方向に別れた。一つは北へ向かい**亀川温泉**郷を目指してひた走り、もう一方は、南の別府温泉方面へと駆けはじめた。

湯太郎たちは、後者のグループに入っていた。別府八湯のうち、まずは駅前に広がる別府温泉エリアの突破を目論んでいる。列をなして出発した一団は、**国道十号線**に沿ってひた走った。しばらく行くと、数人が右手に折れた。**餅ヶ浜温泉**を目指すのだろう。

餅ヶ浜は、今回のスタート地点からもっとも近い温泉である。湯太郎たちも、別府観光港から出発して、まずは餅ヶ浜を目指すプランを立てたが、再三検討した結果、初めに餅ヶ浜に入るのは得策でないだろうという結論に至った。なぜなら、餅ヶ浜温泉の源泉は四十八℃もあるのだ。餅ヶ浜では、その源泉を贅沢《ぜいたく》に掛け流している。湯太郎らは、四十八℃のお湯に体を慣らしてしまえば、後がぬるく感じるのでは、というもっともらしい計画をたてたのだが、それは温泉初心者が陥りやすい罠である。体の火照《ほて》りが尾を引き、あとあと湯あたりするのが関の山だ。

国道十号線を走る集団の前に、**若草温泉**、**京町温泉**、**北浜温泉**と続々と温泉が現れ、別府八湯でも最多の温泉数を誇る別府温泉エリアへと突入する。フロマラソンの参加者は、曲がり角のたびにそれぞれに当たりをつけた温泉をめがけて離散し、**トキハデパート**が建つ交差点に至るころには、もはや集団は三々五々、各々の目的の温泉を目指して散り散りになっていた。

湯太郎と十三先輩も、交差点をわたる地下通路を出たところで、二手に分かれた。

「わかっておるな、湯太郎。見つけ次第、合図を送る」

「はい、打ち合わせの通りですね」

「それでは、武運を祈る」

先輩は駅の方へ向かって一目散に駆けていく。先輩と別れた湯太郎は、すぐに細い路地を左に折れて、裏路地を南へひた走った。神社と風俗店の脇を通りすぎ、しばらく走ってから右手に折れると、入り組んだ路地のなかに突如《とつじょ》として、威風堂々たる唐破風《からはふ》造りの建物が現れる。

見事な建築は、名のある寺社仏閣かと見間違えるほどだが、この風流な建物こそ、別府の玄関、**竹瓦《たけがわら》温泉**だ。湯太郎は暖簾《のれん》をくぐり、受付で入湯料を払う。風情溢れる立派な建築に観光客は思わず尻込みしてしまうが、入湯料はたったの百円である。別府では、ホテルや家族向けの施設を除けば、大概《たいがい》の温泉は、百円で入れる。温泉研究会で、京都へ遊びに行った際には、水道水を沸かしただけの銭湯に五百円近い料金を払わされ、湯太郎たちは目を丸くして、「都とはおそろしいところだ、ぼったくるにもほどがある」と散々罵倒《ばとう》したものだ。

湯太郎は、男湯の戸をがらがらがらっと勢いよく開けた。

中には人気《ひとけ》がなく、これは見込みが外れたと湯太郎は肩を落とした。しかし、落ちこんでいる時間ももったいない。誰もいなくても、当たり湯かもしれない。湯太郎は法被を脱ぎ、脱衣所の棚に入れはじめる。

一般的な温泉施設では、脱衣場と浴室が別々の空間にあり、入浴者は服を脱いで、素っ裸で——いわば風呂に入る準備が整った状態で、期待に胸を膨らませて浴室に踏みこむわけだが、別府にある共同浴場の多くは、ちょっと事情が違う。脱衣所と浴室を仕切る扉がなく、二つが同じ空間にあるのだ。

別府では浴槽こそが温泉の主役で、そのかたわらに、申し訳程度の脱衣棚がちょこっと備えつけてある、といった具合なのだ。それでは脱いだ服が湿るではないか、なんてささいなことに、別府の人間は頓着しない。だから、扉を開けた瞬間、湯船と服を着脱しているる人間がいっぺんに目に飛び込んでくるのは、日常茶飯事だ。

竹瓦温泉の男湯の扉をくぐると、味のある板張りの脱衣場があり、次いで石造りの粋な浴室が目に入る。浴室は半地下にあり脱衣所から擬宝珠《ぎぼうしゅ》飾りの階段で降りてゆくのも味わい深い。湯太郎は服を脱ぎながら、念のために浴場を一瞥《いちべつ》したが、やはり誰もいない。大胆に開け放たれた男湯の窓から外を見やると、バックパックを背負った外国人観光客が、竹瓦温泉に入ってくるのが見えた。湯太郎は、情報収集を兼ねて竹瓦を訪れたのだが、当てが外れたようだ。

　湯太郎はしかたなく、浴槽フロアに降りてゆき、汗を流して体を清めてから、湯船に体をつけた。

「おおっ、なかなかに」

　と思わず声を洩らしてしまうほど、竹瓦温泉のお湯もなかなかに熱い。別府を訪れた人への熱い洗礼といったところか。それでも湯太郎は、温泉に浸かると生き返るような心地がした。堀田温泉郷ほどでないにせよ、餅ヶ浜温泉に始まり、別府温泉郷は、総じてアチい湯が多い。気持ちよいからと言って、後々のことを考えると竹瓦に長居するのは危険だ。その温泉が、別府マラソンの当たり湯かどうかは、三分ほど湯に浸かるとわかる。

　一分ほど経った頃に、先ほど窓から見えた外国人が入ってきた。大きな声で、見ごたえのある温泉への感動を口走っている。男はとまどいながらも、脱衣フロアで服を脱ぎ、シェーブした局部を隠すことなく降りてきた。

「ハロー」

と声をかけながら、湯太郎は嫌な予感がしていた。

〝Hi!〟

そう元気よく返してきた男は、こちらへすたすたと歩いてきて、湯太郎の予想通り、そのまま湯船に足をつけようとした。

「オッー、ストップ、ストップ。ストップ、イット」

手を前に突き出し、男を制した。男はぽかんとしている。

「ウォッシュ。ウォッシュ、プリーズ」

と湯太郎は身振り手振りで、体を洗うように指示した。男は、こちらの言っていることを了解したようで、湯に浸けかけた足を引っ込めた。辺りを見渡し、何かを探している。

湯太郎は相手の考えをくみとり、声をかけた。

「ノー、シャワー、ヒアー」

相手は再びきょとんとしている。湯太郎はフロマラソンに専念するのをあきらめ、腹をくくった。入浴の仕方がわからずに戸惑っている者がいれば、温泉の入り方を教えてやるのもまた温泉道である。

「ディスウェイ、プリーズ」

湯太郎は、湯船から上がり、実演してみせた。竹瓦温泉にはバスチュアなどないので、でんと地べたに座り、胡坐《あぐら》をかく。湯桶はかろうじて備えつけのがあるので、取るように指示して、湯太郎はマイ桶を使って湯を汲んだ。「ウォッシュ&クリーン」と言いながら、脇と局部、足を洗い、また湯船から湯を汲んで流す。

「アンド、イフ、ユー、ウォント」

と言って、湯太郎は持参したせっけんを差しだす。別府の共同浴場には、備え付けのボディーソープがないのが通例である。

男は礼を言いながら、せっけんを受け取り、湯太郎を真似して体をきれいにした。

「フィニッシュ、ゼン、ゴー」

と湯を指して言うと、男は湯にダイブして水しぶきを飛ばした。

「ドント、ジャンプ。スローリー、プリーズ」

そう注意すると、男は両手を合わせて、お辞儀をした。

「アンド、エンジョーイ。アイ、マスト、ゴー、ナウ」

〝Thank you so much, have a nice day.〟

男は満足そうな笑顔を浮かべていた。湯太郎は、階段を急ぎ足で昇った。これ以上、時間を取られては気が気でない。階段を駆けあがりながら、湯太郎は両手の指を検《あらた》めた。残念ながら、指に印は出ていなかった。

竹瓦温泉はハズレだったようだ。温泉客から、何も情報を得られなかったのもつらい。

表泉家の仕切る平和な方の「べっぷフロマラソン」が始まって小一時間が経つ。竹瓦温泉に入っている者が、もう二、三人はいると当て込んでいたが、残念である。仕方ないので、急いで体を拭き、竹瓦温泉を後にする。

最後に、念のために湯船を振り返ったが、湯が熱すぎたのか、湯船に腰掛けている男の体は、真っ赤になっていた。湯船に腰掛ける行為は、マナー的にあまりよくないが、他に誰もいないので、まあよいかと思い、湯太郎は竹瓦温泉を後にした。

広い心を持つのも、またこれ温泉道なり。

次に湯太郎が向かったのは、**駅前高等温泉**である。火照った体を扇子で冷ましながら、駆け足で向かう。駅前高等温泉は、その名の通り駅前にある。別府駅に降りたったものが、まず目にする温泉である。

大正期に建てられたレトロな建物が、旅情をいっそう掻き立てる。イギリスの民家をイメージした建築は、耐震に不安を感じさせつつも、覗いてみないではいられない名所である。なんと宿泊もできる。

もちろん、温泉は源泉かけ流しで、しかも**あつ湯**と**ぬる湯**の二種類があり、それぞれ泉質が異なる。それゆえに駅前高等温泉一箇所で、別府の二つの湯に立ち寄れる。入浴料は各二百円と、多少値が張るが、別府温泉の歴史と醍醐味を味わうには、ふさわしい施設である。観光客だけでなく、地元人からも厚い支持がある。

二つ以上の湯がある温泉の場合、当たり湯となるのは、そのうちのどれか一つである(男女各一湯)。同じ浴室内にある場合は、試すのも楽だが、駅前高等温泉の場合は部屋が別になるので、都合二回入らなければならない。湯太郎は熱いことで有名な竹瓦温泉のあとなので、ぬる湯に浸かり、あつ湯に入る予定だった。むろん、ぬる湯といっても、ぬるいはずもなく、一般的なお風呂と同じ程度に熱い。というか、充分熱い。

しかし、駅前通りをひた走り、やよい天狗通りを過ぎて、**別府ブルーバード劇場**と**ヒットパレードクラブ**の入口付近までできた湯太郎は、急ブレーキをかけて立ち止まった。駅前高等温泉の前に、観光バスが停まって、中国人らしき団体がぞろぞろと駅前高等温泉に吸い込まれていくのが見えたのだ。

あれでは、湯どころではない。建物が壊れないか心配になる。まして、マナーの指導が行き届いていればいいが、どうも期待できなさそうだ。これ以上のタイムロスは、命取りになりかねない。

(ここは切り替えて、**不老泉**か、**海門寺温泉**に向かうべきだろうか)

湯太郎が考えをめぐらせていると、

「ポーーー」

という低い音が遠くから聴こえてきた。湯太郎は、どきっとして両耳に手を当てて、耳を澄ませた。音は「ポッ、ポッ、ポーー」と続いた。

（間違いない、先輩からの合図だ！）

湯太郎は法被《はっぴ》の袖から、**めじろ笛**を出した。めじろは大分の県鳥である。めじろ笛は、めじろをかたどった手のひらに収まるかわいらしい笛である。真みどり色の胴体から伸びた赤い尾っぽが、吹き口になっている。

湯太郎はめじろ笛を吹いて、

「ポーーー、ポッ、ポッ、ポーー」

と先ほど聞こえたのと同じリズムで、同じ音を空に響かせる。小さなめじろ笛からは、普通であれば大きな音が出ないが、そこは日頃の鍛錬のたまもの。見事な低音が、空へのびのびと響きわたる。

すると、先輩からの合図に変化があった。めじろ笛特有の低い音が、長短織り交ぜて響く。温泉研究会では、当たり湯を見つけた際には、めじろ笛で合図を送ると決めている。一昔前、その配列が解読されて、敵に塩を送るということがあったらしいが、現在は暗号の配列を毎年変えていて、解読される心配はない。

めじろ笛の音は、

「別府温泉八十八湯リスト、十四番」

を指している。

「十四番ということは、**梅園温泉か――**」

湯太郎は、目の前の西法寺通りを左手に曲がって、了解の合図を笛でかえす。十三先輩《じゅうざ》は、駅の反対側にある**九日天温泉、錦栄温泉**と廻っていたはずだから、おそらく同着ぐらいだろう。と思って走っていると、西法寺通りと新宮通りの交差点で、先輩が角を曲がってくるのが見えた。

「先輩」

息も切れ切れに叫び、呼びとめる。

「湯太郎か。梅園へ急ぐぞ」

先輩はさすがである。汗一つかいていない。あの巨体に似つかわしくない軽やかな足取りで、高下駄を駆使して前を走る。

「九日天はハズレだったが、錦栄で、表フロマラソンの連中と一緒になった。彼らの話によると、どうやら今日の梅園温泉は、いつもに増して裏路地風情があるらしい」

「なんと。それは期待できますね」

別府フロマラソンで当たり湯に選定された温泉は、不思議な神通力が宿るのか、泉質が強くなったり、その周囲で魔訶不思議な現象が起こったりする。

たとえば一昨年、別府駅の目の前にある「**ビジネスホテルはやし**」が、フロマラソンの隠し湯に選定されたときには、駅前にある**油屋熊八の銅像**が、両手でビジネスホテルを指差していた（次の日に駅前に行ったら、普段通りの万歳のポーズに戻っていた）。泊まれる廃墟として、一部マニアから熱烈な支持を得ているホテルはやしの雑然とした廊下を、湯太郎はおそるおそる通って、湯に浸かったものだ。

　他にも過去のフロマラソンでは、いまはギャラリー喫茶になっているかつての旅館、**冨士屋**のガラス張りの二階が、大きな水槽に変わっていて、そこに巨大な金魚が泳ぎまわっていたかと思うと、廃業したはずの旅館が復活し、物置きに改造された温泉が入れるようになっていたこともあるそうだ。とにかく、武者小路泉家とは無茶苦茶な連中なのだ。

　そうこうしているうちに、二人は大きな寺の前で裏路地に入り、なじみの店である**広島風お好み焼き屋甘藍《かんらん》**を過ぎて、やよい天狗通りの交差点へ出た。すでに二人が並走するには危険な細い路地を通ってきたが、角に立つ居酒屋**美乃里**を過ぎた辺りから、梅園通りの本領発揮とばかりに様子が一変する。

　梅園通りはさらに細くなる一方で、小路の両脇にはスナックや飲食店がずらりと軒《のき》を連ねている。しかも、朝だというのに、どういうわけか、店からは客の話し声や食器の重なる音、焼き肉やにんにく料理の匂いが路地に溢《あふ》れ出ているのだ。

「これは……今年は一段と気合が入っておるな」

「武者小路泉家も手が込んでますね」

先を急ぐ二人も、通りを少し入ったところで思わず足をとめた。スナックからはカラオケの声まで漏れ、心なしか、通りを挟んで向こう側にある**八坂通り**からもどんちゃん騒ぎが聞こえてくる気がする。

「まさに夜の裏路地といった趣《おもむき》ですね。店内がどうなっているのか、一軒一軒覗いてみたくなりますね」

「それはならん。フロマラソン中は、入浴以外の欲を覚えてはいかんぞ。のれんをくぐったが最後、店の奥に引きずり込まれ、何が入っているかわからん杯《さかずき》を呑まされて、朝までお陀仏というのがオチであろう。それに、お主は下戸《げこ》であろう」

「たしかに、先輩の仰る通りです。危ないところでした」

「とにかく、場所はここで間違いあるまい。行くぞ」

二人は、梅園通りを進み、途切れる寸前で、失速して、右へと折れた。この裏路地から、さらに細い道へと入る。並走するどころか、一人で歩くのもやっとで、傘を差してはとても入れないような細い小路だ。そこに道があると知らなければ、うっかり見逃してしまうほどだ。その裏路地の入口の上に「梅園温泉入口」の看板がひっそりと掲げてある。

梅園温泉は、まさに**裏路地温泉**の代表格だ。道の狭さは日本一で、地元の人が毎日のお風呂に使う共同浴場であり、スナックのママさんも入るため、深夜零時まで開いている。会員は会費さえ払えば入りたい放題で、会員以外は百円だ。別府にはよくあることだが、**番台がいない**。入浴料を箱に収め、いざ入浴となる。

が、湯太郎は、がまぐち財布から百円を出すのに手間取ってもたもたしてしまった。

「先輩、お先にどうぞ」

そう言い終わらないうちに、先輩は扉の向こうに消えていた。湯太郎もまもなく百円を見つけて、入浴料を箱に収めて後を追った。

「こんにちは」

と声をかけながら、ドアをがららっと開けて中へ入る。扉の向こうはタイル張りの小さな湯船が見えるだけだ。入口の左手に脱衣棚と簀子《すのこ》があるだけで、浴槽と脱衣スペースのフロアすら分かれていない。シンプル・イズ・ベスト、湯船があれば、それでいいのだ。

「こんにちは」

と、体を洗っていた地元の方らしきお爺さんが、挨拶を返してくれる。

十三先輩は早くも湯船に浸かったと見える。さすがの早業だ。湯船には、先輩の他にも三、四人の男が湯船の周りにいた。湯太郎もさっと服を脱ぎ、湯船に近よる。湯をじっと見てみるが、もともとが無色透明、無臭の湯なので、普段とたいした変化も感じられない。しかし、竹瓦温泉と同じく、男湯は表通りから丸見えで、その分、先ほどの喧騒も遠くから聞こえてきて、大正モダンのタイルも相まって、裏路地感が尋常でない。

湯太郎も、十三先輩に続けと、体を清め終えて、湯船に入ろうとする。が、銭湯と違い、大概の共同温泉はさして広くない。大の大人が四人も浸かれば、湯船は一杯になる。湯太郎でちょうど四人目である。

湯太郎は、十三先輩が体を縮めて作ってくれたスペースに辛うじて、身を滑り込ませたが、少しでも動くと体と体が触れ合ってしまう。

「兄ちゃんら、フロマラソンの連中じゃろ。仲良うせんと湯の神様に嫌われるぞ」

湯船の外で、その様子を見ていたお爺さんが、からからと笑いながら話しかけてきた。先ほど、湯太郎に挨拶を返してくれたご老人だ。

そう言われて、湯太郎がはっと気づくと、先輩の他の二人は、見知った顔だった。先輩と無言でにらみ合っているのは、他ならない松乃井とセンリキだ。

どうりで場所を譲ってくれないわけだ、と湯太郎は思った。フロマラソンでは、他者の足を引っ張る行為は禁じられていて、違反が見つかれば、街中で目を光らせている審判団がすぐさま失格を告げる。審判団が現れないところを見ると、湯船を譲らないのは、どうやらぎりぎりセーフなのだろう。

「儂《わし》も若い頃は、毎年参加しよったが、ついぞ一等は取りきらんかったわ。頑張っちくりい」

「お先にお湯をいただきました。御忠告痛み入ります」

そう言って、深々と礼をして出て行ったのは、松乃井だ。

「しかし、私共にも負けられない理由がありますので」

松乃井は、湯船に浸かっていたセンリキの方をきっと睨みつけ出ていった。続いてセンリキは、無言で目礼をして、湯船を出ていった。

「くそっ、あいつらに先を越されたとは腹立たしい。次で巻き返さねばなるまい。先に上がっておるぞ、湯太郎」

二人が着替え終わるのを悔しそうに見ていた先輩が、湯船を上がって出て行った。湯太郎はなおも数十秒浸かってから、湯船から両手を出して、湯にふやけた指を検めた。

右手の中指に妙な皺《しわ》が寄っている。

「どうじゃ、当たり湯じゃったか」

「はい、ばっちりでした。**♨マーク**がはっきり出ています」

温泉に三分浸《つ》かり、指に♨マークが現れたら当たり湯の証しである。この♨マークを両手の指分、つまり十個集めるのが、別府フロマラソンの完湯者の証しとなる。

「まだ始まったばかりじゃろ。なかなか、幸先のよいことじゃ。じゃが、くれぐれも温泉道を忘れなさんな。さすれば、汝《なんじ》の前に湯の神の導きがあるじゃろう」

「ありがとうございます。あの、お湯を譲っていただき、ありがとうございました」

「いんやいんや、気にせんでいいで。爺には、急ぐ用事もありゃせんけん。ああ、しかし今日もいい湯じゃあちゃ」

お爺さんは、湯船に深々と浸かりながら、長い息を吐いた。湯太郎は、最後に上がり湯を掛けて、脱衣所に戻り、急いで服を着た。当たりを引きあてたことで身も心もあたたまっていた。

2

湯太郎が表へ出ると、

「こっちじゃ」

と声がして、来た方向と反対の側から十三先輩の声がした。裏路地を先に進んで、広い通りへ出たところで、先輩が待っていた。

「お待たせいたしました」

「うむ。それでは行くぞ」

「あの二人は？」

「分からぬ。外へ出たら、松乃井の姿はすでになかった。センリキは、竹の神輿《みこし》に乗って、浜脇温泉の方へ行きおったわい。彼奴《きゃつ》の息がまったく乱れていなかったから、おかしいと思ってたが、うまいこと考えたもんじゃ。神輿は文明の利器じゃないからな」

スタート地点に置かれていた竹と縄はそういうこうだったのか、と湯太郎は合点が行った。

「うまいからくりですね」

「あいつの家の財力と地位があって、成り立つ方策じゃからの、これも日々の鍛練で身に付けた技には違いあるまい」

「現に審判団から失格が下されていませんからね。ルールの範囲内なんでしょうね」

「うむ、まあ敵のことはさておき、儂らかて幸先はかなり良い。彼奴らより先にゴールすれば良いだけの問題じゃ」

「そうですね。最難関といわれる別府温郷を早々とクリアできたことは大きいです。片っ端から入ることになると、目も当てられませんからね。目下の問題は次にどこへ向かうか、ですね」

先輩と湯太郎は**浜脇温泉**郷へ走り出しながら、そんな会話を交わした。

浜脇温泉郷は、駅前の別府温泉郷のさらに南側、つまり別府最南端に位置する温泉群であり、別府温泉発祥の地ともいわれている。昔は、関西と別府を行き来するフェリーの港がそばにあり、旅館と**遊郭**が立ち並んで賑わっていたのが、戦後に発布された公娼廃止令を受け、急激に廃《すた》れてしまった。

梅園温泉から再び西法寺通りに出て、真っすぐ南へ向かうと、浜脇温泉郷の真ん中付近に出る。

「少し離れていますが、最初の目論み通り、『**茶房たかさき**』に行ってみますか」

「うむ、そうじゃな」

道端でこんこんと湧いている**桜町の飲み湯**を手で汲んで飲みながら、二人はそう決め、松原通りで西へ折れることにした。

茶房たかさきの湯は、茶房たかさきでお茶をすると、入浴できるという一風かわった制度の貸切湯である。元々は、家主が自宅用に造った岩風呂だったのだが、お客さんに入浴を薦めたところ、たちまち評判となり、いまでは別府八十八湯のリストに名を連ねている。その上、オーナーが**別府八湯温泉道名人会**の初代会長であり、温泉道の手ほどきも受けられるとあって、温泉ファンの聖地となっている。

温泉研究会が、茶房たかさきの湯に目を付けたのは、懇意にしているオーナーから情報を得たいというのはもちろんだが、浜脇温泉に登録されている温泉で、茶房たかさきの湯だけが、唯一まだフロマラソンの当たり湯に選ばれてないという事情があった。そろそろ当たり湯に選定されるのではないか、と目されているわけだ。

それに加えて、ここらで小休憩を挟みたいというのもある。観光港から浜脇温泉までは結構な距離がある。**朝見川**に架けられた橋を渡り、いよいよ茶房たかさきが見えてきたと思いきや、先輩が立ちどまり、湯太郎は衝突した。

「これはとんだ誤算だ」

　十三先輩が呟いた言葉に、ぶつけた頭をこすりながら、湯太郎が前を見ると、茶房たかさきの前に長蛇の列ができている。どうやら表フロマラソンの参加者と、裏フロマラソンの参加者が一緒くたに並んでいるようだ。

「あれでは、もしここが当たり湯でなかったら、無駄に時間を潰してしまうことになりますね……」

「やはり、まだ指定されていないので、マークされていたのだろう」

「見てください。あの黒ずくめの男達。きっと松乃井グループの奴らですよ」

　松乃井の姿は見えないが、スタート地点にいた黒スーツの軍団の一部だ。向こうでもこちらに気が付いたらしく、サングラスの下の口元がにやついていた。勝ち誇ったつもりでいるらしい。

「茶房たかさきの湯は、元が個人宅の温泉だからな。内側から鍵を掛けることもできる。オーナーが許しはしないだろうが、万が一、あいつらが籠城《ろうじょう》して妨害でもしてきたら、どうしようもない。ここはあきらめるしかあるまい」

「ええ、あんな温泉道に背くような行為をする奴等には、温泉の神様も微笑みませんよ。さて、ここから一番近いのは**山田温泉**ですが、どうしますか」

「しらみ潰《つぶ》しに行くのも悪くないが、ここはプランBで行こう」

「プランBというと……浜脇モールでの聞き込みですか。しかし、浜脇モールまでは軽く一キロ以上離れてますよ」

浜脇モールは、同じ浜脇温泉エリアとはいえ、湯太郎たちがいる場所から真反対に位置している。両者の間に、浜脇温泉のほぼすべての温泉が点在している。

「浜脇モールへ行っていたら、かえって時間がかかりませんかね」

「急がば回れだ。それに、あれを拝借《はいしゃく》して行こう」

そう言うと、十三先輩は茶房の前に廃棄されていた段ボールを一つ拾ってきた。念のため、オーナーにも一言、断りを入れる。オーナーは満員なのを申し訳なさそうに謝ったが、茶房たかさきの湯が当たり湯かどうかは教えてくれなかった。別府八湯温泉道名人会の創設者であり、初代会長のオーナーは、別府の表も裏も知り尽くした人物なので、自分が所有している温泉が当たり湯かどうか教えるのはルール違反ということなのだろう。

それはさておき、

「先輩、その段ボールをどうしようというのです」

湯太郎は、先輩の考えが分からず、眉をひそめた。

「あとは少しばかり湯を借りて来よう」

そう言うと、**貯湯タンク**がある家を見つけ、呼び鈴を鳴らして、何やら家の人と交渉し、家の中へ入って行った。湯太郎は困惑したまま、事態の推移を見守った。ついでに言えば、別府では、貯湯タンクを設けて自宅に温泉を直引きしている家は珍しくない。学生の住むマンションでさえ温泉が引かれていたりする。そのため、別府にはいたるところに貯湯タンクが存在する。

さて、先輩はすぐに家から出て来た。桶に湯がなみなみと入っている。

「それをどうするのですか」

「まあ、見ておけ。というか、お主も唱和するがよい」

十三先輩は、湯桶を地面に置くと、その前で胡坐をかき、両手をあわせて、「南無阿弥陀仏」と唱えた。そして終わると、今度は低く太い声で歌いはじめた。

突然のことで、湯太郎はあたふたしたが、先輩の歌に耳を傾けると、なんと**湯遍路**の歌だ。湯遍路とは、一週間程度の短期間に八十八箇所の温泉を浴衣姿で歩いて巡る人を指す。別府には、この湯遍路さんに道ばたで出くわしたとき、彼らを励ますため歌う応援歌があるのだ。湯あたりもいとわず、そこに湯があるからと、別府をめぐる求湯者の熱き思いがこめられた歌で、先輩が歌っているのは、まさに湯遍路の歌である。

湯太郎も、もちろん知っていたので唱和した。何とも変てこな歌なのだが、風呂からあがってまた風呂で脱ぎ出す歌詞に、どうしてだか、湯太郎は涙さえ込みあげてきそうになりながら、どうにか歌いきった。

が、先輩は冷静で、両眼をかっと見開き、さらに呪文をひとつ念じた。

観自在菩、行深般若波羅蜜多時、照見五蘊皆湯度一切苦厄

もう何が何だかわからない。念仏に、温泉道に、般若心経もどきと来た。ああ、そして先輩は胸の前で十字まで切った。

しかし、これが別府である。十三先輩がそうするには、これこそ別府の真髄に違いない。

「よし、これで準備万端だ」

そう言うと、先輩は段ボールに湯をぶっ掛けた。そんな事をしては、段ボールがふやけてしまう、と思ったが、不思議と濡れていない。

「さあ、参るぞ」

先輩は段ボールを脇に担いで、ずんずん走って行く。ついに先輩も行くところまで行ってしまったのか、と不安に駆られながらも、またしても湯太郎は先輩の後を追うしかない。

先ほど、渡った朝見川のところまで戻ると、先輩は段ボールを川に投げ込んだ。すかさず、自分も橋から飛び降りる。ついにやってしまった、先輩もとうとうこの世に愛想をつかしたのだ、と湯太郎が慌てて橋の欄干《らんかん》に駆け寄ると、なんと川に段ボールが浮かび、その上に十三先輩が乗っている。まるで蓮の花に乗る御釈迦様である。

湯太郎があまりの出来事にぽかんとしていると、

「湯太郎、何をしている。早く飛びこめ」

そう大声で指示が飛ぶ。

「いや、でも、沈みませんか」

さすがの湯太郎もどこからツッコんでいいのかわからない。

「何を言っている。湯は万能と、日頃から説《と》いてきたではないか。四の五の言わず、飛びこめ」

湯が万能だとしても、あれでは万能すぎるのではないか。そう思いながら、湯太郎はもはや自分があの世にいるに違いない、と意を決して、川へ飛び込んだ。しかし、足が宙に浮いてから、着地のことなど考えていなかったことに気が付いた。湯太郎はお尻から真っさかさまに落ちていった。目を閉じ、湯の神様に祈った。

(……)

おそるおそる目を開けると、湯太郎は十三先輩の腕のなかに抱かれていた。いわゆるお姫様だっこというやつだ。湯太郎には、十三先輩が王子様に、いや、湯の神様に見えた。

何だか胸の動悸がおかしい。

「お前、いつまでそうしているつもりなんだ」

十三先輩に諌《いさ》められて、湯太郎はようやく我に返った。

(いかんいかん、先輩を見て、まるでルナちゃんを見ているような気持ちになってしまっ

た。我ながら気持ち悪い）

段ボールの舟に足をおろす。湯の加護をまとった段ボールの踏み心地は、思いの外、安定していた。そういえば、先輩が鶴見岳から吹きおろす、鶴見おろしを摑んで登校する、という噂を湯太郎は思い出した。十三先輩の家は、湯太郎でさえ知らず、温泉に入りに行こうとすると、先輩はどこからともなくふらりと現れるのだ（初めは神通力の類かと、いちいち驚いていたが、次第にそんなものかと慣れてしまった）。

廃ホテルで暮らし、鶴見おろしで登校するといった荒唐無稽《こうとうむけい》の噂の数々も、段ボール舟の様子を見るに、さもありなんと思えてくる。

湯太郎は、去年の年末に、リサイクルショップべんり屋で、先輩がスキー板を買い求めていた姿も思いだした。湯太郎が、

「そんなものを買って、どうするのです。別府に雪は降りませんよ」

と尋ねると、

「心配せんでも、じきに必要となる」

と十三先輩は、がははと笑った。そして、一月の半《なか》ばに、本当に大雪になった。湯太郎は、車が放棄されて、路駐されている道路の真ん中を、浴衣姿の十三先輩がスキーで滑走していくのを目撃したのだった。大体が出鱈目《でたらめ》であり、先輩相手に常識は通用しないのである。

しかし、公共交通機関は禁止されているのに、川を段ボールで下るのは良いのだろうか。はらはらして様子を窺っていたが、特に審判団からお咎《とが》めはないようなので、ほっとした。日々の努力で培《つちか》った力ということで、セーフなのだろう。のどかな川辺の様子が、ゆっくりと流れてゆく。それにしても……

「先輩、これでは遅すぎませんか」

川を下るというのは悪くない案だったが、いかんせん川の流水量が少なすぎる。男二人を乗せた段ボールは、ゆっくりと流れてゆく。これでは走った方が早い。

「これは読みが外れた。仕方がない、手で漕《こ》ぐぞ」

言うが早いか、十三先輩は膝をつき、水を掻《か》きはじめた。まるで遭難者のような格好だ。

(なんて原始的な……)

率直に言って、格好悪い。神通力は使えるクセに、要領が悪い。まさしく先輩そのものだ。湯太郎は、先ほどのときめきを返してほしいと思いながら、同様に片膝をつき、反対側の水を掻きはじめた。

船は少しだけ速度を上げ、ゆっくりと朝見川を下っていった。

浜脇モールでの聞き込みの結果、湯太郎たちは、下ってきた川の横を全速力で走って戻ることになった。浜脇モールは、近ごろよくニュースになる、地方のシャッター商店街を思わせる淋しさがあるが、その分、地元の人たちに愛されている商店街だ。

　モールの中心には、**浜脇温泉**と**湯都《ゆーと》ピア浜脇**の二つの温泉がある。湯太郎にとってはどちらも思い出深い温泉で、浜脇温泉では、湯船の縁に「湯口」と書かれた矢印が貼ってあって、「そこから入るのか」と思って入ったら、「湯の注ぎ口」の意味で、たいそう熱い思いをしたことがあった。

　その浜脇温泉のお隣りの建物、湯都ピア浜脇は、ヨーロッパの温泉施設がモデルの多目的温泉保養館で、フィットネスジムのようなトレーニングルームもあれば、温泉も、かぶり湯、気泡浴、圧注湯、うたせ湯、運動浴、寝湯と多種多様な健康増進施設だ。

　特に、浴室の中央にあるうずまき湯は、八角形の浴槽の各辺からジェット噴射が斜《なな》めに噴き出していて、湯が渦を巻いている。このうずまき湯が昨年の当たり湯で、いつも以上の勢いで噴射されるジェット気泡に呑まれ、湯太郎は目を回して、無念のリタイアとなったのだった。

　その他にも、湯太郎たち温泉研究会の面々は、モールの中央部にある、**ラーメン屋**へ月に二度は訪れている。別府で一番うまいラーメンを出す店である。見た目は至って普通の中華麺で、そのスープを一口すくって飲むと……これまた至って普通のあっさりスープのようでありつつも、妙な味わいがある。固めのチャーシューとストレート麺もありがちな組み合わせのようでいて、どうしてこれが別府一うまいラーメンなのかと思われるが、スープ、麺、チャーシューが三位一体で深みを増してゆくラーメンは、最後の一滴まで飽きさせることなく、食べるものの心をつかんで離さない。当たり前のようでいて、なかなか在《あ》りがたい一杯に仕上がっているのだ。

ラーメン屋の向かいには、これまたうまいタイカレーを出す店があるのだが、とにかく、温泉研究会では、浜脇モールに顔を出すと、商店街の方にも立ち寄り、地元の人と近ごろの温泉事情について話すようにしている。若い人がほとんど買い物に来ないので、湯太郎たちが顔を出すと、お店の人は喜んで迎えてくれる。お土産に、賞味期限の近い食材を貰《もら》えたりもする。

その商売人の多くは、朝、温泉に立ち寄ってから来る人が多い。それとなく、変わったことはないかと聞きこんだところ、初めは成果がなかったのだが、十三先輩が果物屋の店長の指に、♨マークのような皺があるのを見つけた。どこの湯に入ったのか尋ねると、山田温泉に入ってきたという。何か変わったことはなかったか尋ねると、いつもどおり過ぎるぐらい何もなかったらしい。それを聞いて、十三先輩と湯太郎は確信して、山田温泉にひた走ることになった。

しかし、山田温泉といえば、茶房たかさきの湯の一番近くにあった温泉だ。

「やはり、あの時に、山田温泉に入っておくべきでしたかね」

「覆湯桶《ふくとうおけ》に返らず、されど湯は滾々《こんこん》と湧く。つまりは気にするな、だ。川を下っている間は、足を休ませることができたと思えば儲《もう》けたともいえる。この先には、心臓破りの坂が待っとるからの」

そうこうしているうちに、山田温泉が見えてきた。いかにも街中にありそうな銭湯のような建物である。住宅地の真ん中にある素朴な公衆浴場だ。その素朴さが、今日はいつにまして素朴に感じられる。

湯太郎たちの前を男が一人、入って行くのが見えた。観光港で見かけた山伏である。

「くそっ、またしても先客か」

どうやら山田温泉が当たり湯と嗅ぎつけたらしい。と思っていると、湯太郎たちが入口に辿り着いた瞬間、中から悲鳴が聞こえて、上半身裸の山伏が飛び出してきた。続いて、ふんどし一枚の山伏、素っ裸で前を押さえているだけの山伏がつづく。

「どうかお許しを！」

そう叫びながら、山伏の三人組は荷物を抱えて逃げていった。三人とも、背中がひっかき傷で、赤く腫《は》れている。何が起こったのかと呆然と見ていると、温泉の入口から白と黒のまだら斑《ぶち》の**猫**が澄《す》まし顔で、すたすたと歩いて出てきた。

「どうやら無銭入湯しようとしたらしいな」

「番頭がいないからといって、邪《よこしま》な心を起こしてはいけませんね」

「何にせよ、ライバルが減ってくれるのは大助かりだ」

山田温泉には、例のごとく、番台がいない。料金箱に百円を入れて勝手に入ることになっている。山伏は誰も見ていないと思って、おおかた百円をケチったのだろう。

フロマラソン中は、別府のいたるところで審判団が目を光らせている。スタートの合図を務めた白猫のメイは、さしずめ審判長といったところで、別府の街中に巣食う無数の猫たちが、参加者が不正をしないかどうか監視しているのだ。

温泉といえば、猫である。別府も御多分に漏れず猫が多い。むろん、猫は湯に入らない。濡れると毛並みが乱れるので、湯に浸かりたがらないからだ。彼らが温泉街に居つくのは、ひとえに暖かいからだ。温泉街の地下には、温泉を引くための配管が張り巡らされていて、床暖房の理屈で、街全体が暖かいのだ。

別府各地を散策するガイドツアー**別府八湯ウォーク**には、駅前のアイドル猫を探してまわる**ネコサファリ**というのがあるぐらいで、別府では、石を投げれば猫に当たる。毎夜のように、猫が井戸端会議をしているのが目撃され、別府で瞬く間に噂が広がるのは猫のせいだとされている。なので、石は投げないのが賢明だろう。

別府はさすが猫の街とあって、「にゃんにゃん娘」というスーパーまであり、そこでは、店員が猫の格好でレジ打ちをしてくれる。時々、本物の猫もレジ打ちをしてくれるらしい。ただ、一説によれば「にゃんにゃん娘」はスーパーではなく、「**スーパーにゃんにゃ**

ん娘」なるラブホテルだと言う人もいる。誰も行ったことがないので真偽はわからない。

さてそんなこんなで、山伏は猫の審判に見咎《みとが》められ、失格の烙印《らくいん》とばかりに、ひっかき傷をつけられたのだ。

「あれでは、湯が沁《し》みて、しばらく温泉に浸かることもできまい。くわばらくわばら」

湯太郎と十三先輩は「お湯をよごして、相済みません」とか、「カラスの行水で申し訳ありません」とか、謝りの言葉を挟みつつ、ゆっくりと体を洗う地元の方々と会話を楽しみ、さっと湯に浸かって上がってきた。

指には二つ目の♨マークがしっかりと現れた。それに加え、別府温泉で熱い湯に連続して浸かった後に、山田温泉の刺激の少ない**単純泉**に浸かれたことで、体も癒された。単純泉は万人が気持ち良いと思えるバランスの良い泉質である。今日は当たり湯の効果で、一段と肌に馴染んだ。

「今年はかなり順調じゃわい」

「ええ、でも油断は禁物ですよ。さて、それでは朝見神社を目指すとしますか」

「うむ」

二人は、気を取り直して、**八幡朝見神社**を目指して駆けだした。浜脇温泉郷の次は、山の上にある**観海寺温泉**郷に行く予定なのだが、温泉研究会では、フロマラソンで恒例となっている行事がいくつかある。その一つが、八幡朝見神社に詣でることだ。朝見神社は、鎌倉時代からある古い神社なのだが、戦後に旧別府公園にあった温泉神社と合祀され、別府温泉の総鎮守でもある。早い話が、湯の神様が祀《まつ》られている。

ここを参らずして、別府フロマラソンを制せるはずもない。くわえて、境内《けいだい》には「**萬太郎清水**《まんたろうしみず》」という清水が湧いている。なんでも、不治の病で父親が床に伏したとき、親孝行な息子、萬太郎が汲んできて飲ませたのが朝見の清水だそうで、その水を飲んだところ、たちまちに父親が全快したという。この湧水を汲みにきて、常飲している者も少なくない。つまり、朝見神社に立ち寄ることで、喉の渇きを癒やすこともできるのである。

湯太郎たちは、参道を駆けあがり、鳥居をくぐった。鳥居の先にある**二本の大杉**の間を抜け、手を清めてから本殿に参拝した。境内には、樹齢一千年の楠をはじめ、おそろしく高い樹木が乱立している。別府は、京都と同じく、戦火で街が焼かれることがなかったので、古い樹木がそのまま残っている。

「先輩、今年もチャレンジしてみますか」

「うむ、今年は出そうな気がする」

境内のさわやかな気に包まれて湯太郎たちは、売店で売られているおみくじを引くことにした。これも百円である。このおみくじは、「願事」、「待人」、「失物」などといった一般的な項目に加えて、別府フロマラソンのときにだけ「湯運」という項目が現れるとされる。むろん、誰にでも当たるわけではなく、運勢が「大々吉」でないと載っていないレアなおみくじである。温泉研究会でも、過去に二回しか当たった記録がなく、そのおみくじは、今でも額縁に入れられ、部室の壁に飾られている。

二人は、一斉《いっせい》に買ったおみくじを開いた。

「ううむ、今年も駄目か。無念」

十三先輩は、悔しそうに地団駄《じだんだ》を踏んで唸《うな》った。

「小吉じゃ。温泉に関係のありそうなのは『探人《さがしびと》』欄の『地獄にて逢えるでせう』と『病気』の欄にある『火傷に注意』ぐらいだ。……何だか不吉じゃな。それで、湯太郎はどうじゃ」

十三先輩が湯太郎を見やると、湯太郎は開いた口がふさがらずに、声を出そうとしている。

「あっ、あっ、あっ……」

見ると、湯太郎のおみくじには「大々吉」と記されている。

「で、で、出てしまい、しまいました」

「なんと。でかしたぞ、湯太郎」

十三先輩は湯太郎のおみくじをぶんどるように手に取る。湯太郎の方でも、一刻でも早く手放そうとしているように先輩に譲る。

「あるぞ、『湯運』の欄じゃ。なになに……『湯けむりの導きのままに』と書かれている。

おそらく鉄輪《かんなわ》温泉郷の当たり湯のヒントだろう。大手柄だぞ、湯太郎」

湯太郎はまだ信じられないらしく、先輩とおみくじを交互に見やった。

「お主はツイておる。このまま何としても温泉研究会の悲願を達成するぞ」

そう言いながら、湯太郎の背中をばんばん叩く。すると、大人数が石段を駆け上ってくる地鳴りのような音が聞こえた。

「きっと松乃井グループの連中に違いない。みくじの件を悟られてはかなわん。奴らなら、財力にものを言わせて、みくじを買い占めかねない。さあ、行くぞ。何としても鉄輪温泉まで行き着かねばならない。まだ先は長い」

十三先輩は、そういうと、時間が惜しいとばかり走り出した。湯太郎はとにかくついて行った。すでに時刻は正午近くになっている。出だしが順調とはいえ、あと六時間ほどで、まだ八個以上の湯を回らねばならないのだ。不可能とも思えるが、走るしかない。

3

八幡朝見神社の裏口から出た二人が、次に目指したのは、観海寺温泉郷である。ここには、**いちのいで会館**、**旅亭松葉屋**、**べっぷ昭和園**、**美湯の宿両築別邸**、遊園地施設内の温泉、それから**別府最大級の巨大ホテルにある棚湯**の六つの湯がある。

まずは一番低い所にあるべっぷ昭和園へ立ち寄る。ここでは貸切の家族風呂に二千円で入ることができる。温泉地でよくある不満は、家族連れや男女で出掛けて行っても、目的の温泉では、男女別になってしまうことである。しかし、昭和園をはじめ、別府の商業施設では、貸切り湯を設《もう》けているところが少なくない。その分、共同湯の百円と違い、値が張るのだが、一家で楽しむことができるので、ありがたい。

べっぷ昭和園は、普段は要予約制であるが、武者小路泉家の別府フロマラソンに際してのみ、特別な一湯が設けられていて、飛び入りでも入れるようになっている。ただし、値段は貸切り二千円と、普段と変わらない。

フロマラソン中とはいえ、男二人で貸切り湯に入るのは、なんだか誤解を受けそうで、湯太郎は少しばかり赤面した。思わず先ほどのお姫様だっこを思い出す。けれど、十三《じゅうざ》先輩は何も感じていないようで、さっさと服を脱ぎ、湯に浸かる。湯太郎は、何故だか前を隠しながら、入ってしまった。

外はちょっと寒いが、湯に浸かると、風が心地よい。観海寺温泉は名前に「観海」とあるが、温泉があるのは山のなかである。別府は海と山が近いので、山の上から海が一望できるのだ。海と山に切り取られた三角形の丘が、別府だと言っても過言ではない。裸で温泉に入りながら、山中の樹々がそよぐ音に浸っていると、俗世のしがらみや常識を忘れて、妙《たえ》なる心境になる。そこに先輩と二人っきり。

……

そんなことを考えていると、あっという間に三分が経った。残念ながら、ハズレだ。

「さあ次へ向かうぞ」

しらみ潰《つぶ》しに探しても六分の一だ。嘆いている時間も惜しい。先輩と湯太郎は切り替えて、次の目的地へ向かった。次は、隣りの**別府ラクテンチ**である。

ラクテンチのメインゲートが昭和園の目と鼻の先にあるが、二人はそちらに見向きもせず、山へと続く細い道を駆けあがっていった。ラクテンチは、地元に愛されているレトロな遊園地なのだが、メインゲートから入場すると、ケーブルカーに乗らなければいけない。文明の利器の使用が禁じられているフロマラソンでは、山の上にある裏口から入園しないといけないのだ。

足元の悪い坂道を登っていき、湯太郎はひーひー言いながら、高下駄でさっさと走る先輩の後を追いかける。竹林《ちくりん》や藪《やぶ》で日が遮《さえぎ》られ、涼しいとはいえ、勾配《こうばい》がきつい。それでも一歩一歩と登っていくと、ふたたび住宅街が現れて、車道へと行きつく。すると、すぐさま右手にラクテンチの裏口が見えてくる。

湯太郎が膝に手をついて一息ついていると、先輩はずかずかとラクテンチの入口へ歩いていった。

「先輩、今年は**乙原《おとばる》の滝**は寄らないのですか」

「おっと。忘れておった」

先輩は出しかけた財布をしまい、左手にある「乙原の滝入口」の山道へ向かう。湯太郎も続いて、木の葉で埋もれた山道へ、さらに山奥に向かって分け入っていった。そこから駆け足で五分、徒歩だとおよそ十五分、先ほどよりも足元の悪い道を何度も曲がりながら進むと、そこに乙原の滝がある。ひっそりと滴《しずく》の糸を垂らしながら清らかな水の衣が流れ落ちている。市街地から気軽に来られる距離のところに、かくも清涼な場所があるかと思われるほど、涼しげな滝壺《たきつぼ》である。

温泉研究会では、フロマラソン中に乙原の滝を訪れるのも代々の恒例行事になっている。理由は、……正直よくわからない。まあ、伝統行事とは往々にしてそんなものである。

とにかく先達《せんだつ》からの大切な教え通りに、湯太郎たちは滝壺へ降りてゆき、手前から見えていた白滝のところまで進む。すると右手に、それまで崖に遮られて見えなかった、二本目の滝が現れる。二本の滝が同じ滝壺へ向かって落ちている光景は、全国的にも珍しい。二本目の滝は、一本目の倍近い高さから落ちてくるのだが、滝壺まで降りてゆかないと拝めず、突然目の前に現れるからいっそう迫力がある。

しかも滝が跳ねた水しぶきが容赦なく降りかかるので、温泉とマラソンの繰り返しで火照《ほて》っていた体から熱が取り除かれ、体が軽くなる。

「いつ訪れてもよいですね」

「地元民も意外に知らない穴場じゃからな」

「すぐそこに遊園地があるなんて嘘みたいです。でも、滝壺は苔むしてますし、足場も危ないですから、たくさんの人が不用意に来たら怪我してしまいますもんね。このまま、人知れずひっそりとあってほしいものです」

先輩たちの教えを守って滝壺で涼を得た二人は、まもなく下山して、今度こそ別府ラクテンチに入場した。湯太郎たちがラクテンチを訪れたのは、園内の温泉に立ち寄るためというのはもちろんなのだが、それとは別の用事もあるのだ。

「温泉に向かいますか？　それとも――」

「寄り道ついでじゃ。先に偵察を済ませるとしよう」

湯太郎と先輩は、ケーブルカーの降り場付近にある観覧車を目指して走る。途中で、ラクテンチの名物、**あひるの競走**のそばを通りすぎると、ちょうど首輪で色分けされたアヒルたちがゴールする瞬間で、周りにいた観客たちから歓声があがった。

ラクテンチの名物といえる出し物で、なかなか面白いのだが、今日はゆっくり観戦している余裕はなさそうだ。なにせ湯太郎たちも競争の真っただ中だ。観覧車に乗り込むと、二人は窓に貼りつくようにして外の景色を眺めた。普通であれば、海側の景色を眺めるのだが、二人は海に背を向け、園内の景色を眺めている。

「見つけたか？」

「いいえ、見当たりません」

二人が探しているのは、園内のどこかにいるはずの猿である。十三先輩が長年の調査の末に発見したところによると、別府フロマラソンのときに、隣りの**高崎山**から猿が一匹、ラクテンチに紛れ込んでくるのだそうだ。しかもその猿に、甘いので有名な大分産のさつま芋「**甘太《かんた》くん**」をあげると、当たり湯を一つ教えてくれるのである。理屈は、これまたよくわからない。

というわけで、彼らは先ほどから、園内のどこかに猿はいないかと探している。そうこうしているうちに観覧車が一周してしまう。

「見つかりませんでしたね」

「あきらめるのはまだ早い。ラクテンチの観覧車は二段構えだ」

先輩がそう言った途端、乗っていたゴンドラが揺れて、上に引き揚げられた。先輩の言うように、ラクテンチの観覧車は二段構えになっていて、支柱の端と端にゴンドラが一周分ずつついていて、時間が来るとその支柱がぐるりと半回転し、上で回っていたゴンドラ群と下で回っていたゴンドラ群が入れ替わる。今度は、湯太郎たちが上から園内を見下ろす番だ（本当は別府湾ならびに別府全域を見下ろすための仕様である）。

「むむっ。あそこに人だかりができているぞ」

先輩が指さす方を見てみると、たしかに入園者が密集している場所がある。

「あの檻《おり》は、……バードパークですね」

「あそこに今年の猿がおるに違いない。それにしても、またしても、えらく遠回りしてしまったの」

バードパークは裏口のすぐそばにある。ラクテンチを三角形で表現すれば、裏口と観覧車の位置は二つの頂点であり、しかも残った園内温泉は、三つ目の頂点に当たる。最短で回っても、ラクテンチを一周することになる。

「ムムム……悩むところじゃが、あの人集《ひとだか》りと檻《おり》なら逃げはすまいから、温泉へ先に行くとするか」

「ええ、そうしましょう。ひとまず見つかって良かったですね。あとは観覧車が降りるのをゆっくりと待ちましょう」

湯太郎が先輩をなだめるように言う。

目的をとげてしまったので、あとは風景でも眺めて待つしかない。観覧車はいまがクライマックスとばかり、頂点に達して、降りるまではまだまだ時間がかかりそうだ。

降りてゆく一つ前のゴンドラには、若いカップルが乗っていて、楽しそうに肩を寄せあっている。

（羨ましいなあ……）

湯太郎は、目の前にいるのが、まだ猿を見張っている十三先輩でなく、愛夢《あいむ》ルナだったら……と想像してみた。

観覧車に二人で乗れたら、それだけでどんなに素敵だろう。一方の窓からは市街地と海が一望でき、反対側からは遊園地の施設と濃い山の緑が見え、そのうえ、そのどちらの側でも無数の湯が湧く不思議な景色を見下ろすゴンドラに乗って、二人でゆっくり過ごせたとしたら……湯太郎はついついそんな考えにふけってしまった。

（いや、彼女と二人っきりだなんて、耐えられるだろうか）

湯太郎には、まともに彼女と話せるかどうか自信がない。湯太郎が、初めて彼女と口をきいたのは、入学式のときだった。そして、それが最後だった。

入学式の朝、新入生代表として呼び出された湯太郎は、もう一人の新入生代表だった彼女を一目見て、恋に落ちてしまった。桜柄の着物に紫のはかま、栗色の髪に可憐なピンクのリボンを身に着けた愛夢ルナの美しい立ち姿を湯太郎は今でも鮮明に覚えている。その白いうなじからたちのぼる、ほのかな出湯《いでゆ》の香に、湯太郎は酩酊《めいてい》した。

湯太郎が、彼女と並んで新入生代表の宣誓文を読み上げたことなど、いまでは夢のようだ。二人で声を重ねて、宣誓文を読みあげている間、新入生の総代として壇上に立つ緊張よりも、彼女の横に立っているという事実で、声がふるえた。それでも彼女の柔和《にゅうわ》な声音に引っ張られるようにして最後まで宣誓文を読みあげ、湯太郎の役目が終わると、最後に彼女は述べた。

「新入生代表　愛夢ルナ」

その凛《りん》とした声に、会場は水を打ったように静まり返った。彼女が一礼をするのが目に入らなければ、湯太郎もいつまでも、耳元で発せられたその軽やかな響きに、うっとりと浸っていただろう。

式典が終わってから、湯太郎は彼女に声をかけようとしたが、彼女の周りにはあっという間に人だかりができ、しかも、湯太郎の目の前にはどこからともなく不審者が――いや、会場でアルバイトをしていた十三先輩が現れて、温泉研究会への勧誘を始めたのだから堪《たま》らない。

その後も、キャンパス内で彼女を見かけることはあっても、話しかけられないまま、ずるずると二年の月日が過ぎてしまい、先輩と裸の付き合いが増える一方で、愛夢ルナとの思い出はと言うと、友人らに囲まれ、にこやかに話す姿や、姿勢を崩すことなく講義に聴きいっているところを遠目に見かけるぐらいだった。思い切って声をかけようと、彼女を追いかけても見失ってばかりで、たいていそんな時には、先輩がででんっと現れるのだった。

そんなことを考えていると、ゴンドラが大きく揺れた。

「おい、何をしている。早く行くぞ」

案の定、先輩の言葉で夢が破られた。いつの間にか観覧車は地上に着いたらしい。ゴンドラの入口から、先輩が湯太郎を催促している。

「呆《ほう》けてはならんぞ。今はフロマラソンに集中せい。夢は完湯してから見るがよい」

湯太郎は心を見抜かれたようで、ぎくりとした。

「すみません、すぐに行きます」

「うむ。それでは早速、大吊橋をわたって温泉に浸かりに行くぞ」

先輩は、風のごとく先を走ってゆく。湯太郎は気持ちを切り替え、必死に後を追う。夢の時間は終わり、フロマラソンの再開だ。

さて、観覧車から園内の温泉に行くのは、大吊橋を渡るのが早い。遊園地内にあるとはいえ、渓谷《けいこく》の端と端を繋いでいる吊橋は、一〇〇メートル以上ある立派な吊橋である。風に煽られれば揺れる上に、子どもが飛び跳ねても振動が伝わる。

そのど真ん中を先輩がどしん、どしん、と走ってゆく。高下駄で器用にバランスを取る先輩は、気付く素振りもないが、他の者からしたら、はた迷惑だ。

「先輩、橋の上を走ってはいけません。橋が揺れます。ほら、向こうの子どもが怯《おび》えています」

湯太郎は反対の端でしゃがみこんで、ほとんど泣きそうになっている子どもを指さしながら、先輩に大声で呼びかけた。

「おおっ、そうか。すまんすまん。ゆっくり歩くぞ」

先輩はそう言うや否や、悪びれる素振りもなく、すたすたとこれまた器用に歩く。向こうにいる子どもに、大丈夫だと手まで振る。

「先輩、それはいけない」

と制止するのも間に合わず、子どもは怖がって泣き出してしまい、親に連れられて、橋から逃げて行った。先輩の姿格好が、人間のそれに見えなかったのだろう。

何はともあれ橋を渡りきり、当たり湯であってくれと願い、園内の「絶景の湯」に浸かったが、残念ながらここもハズレだった。それでも、体は充分に温まった。温泉の裏にはバーベキュー場があり、満開の桜に囲まれて楽しそうな声が聞こえてきたが、湯太郎たちはなにくそと、猿が待つバードパークを目指した。

さて、売店の前を過ぎて、ジェットコースターの線路の下をくぐろうとしたとき、思わぬことが起こった。

バシャッ！

「うぉっ。なんじゃこれは」

「わっちゃあ、熱い、熱い」

「これは、湯だぞ」

バシャッ！　バシャッ、バシャッ！

「あちち、あちち、あちち」

天から湯が降ってきたのだ。一回目は、遠ざかる轟音からして、ジェットコースターから掛けられたものらしい。二回目は、正面でぐるぐる回っているスーパーチェアから、断続的に飛んできた湯である。スーパーチェアの足元に小さな湯船がついていて、乗客はそこへ素足を突っ込み、絶叫しながら足湯とアトラクションを楽しんでいる。

「これはどういうわけだ!?」

「わかりません!?」

二人はそう言いながらも足を止めない。すると左側から滝のような轟音がとどろいた。

見ると、先ほど二人して渡った大吊橋に人がずらりと並び、真下にあるサーキットで、ゴーカートに興じる人々めがけ、湯桶から湯を浴びせている。先ほどの音は、宙に掛かった湯のアーチが地面に落ちた音らしい。

吊橋の手前にあるウォーターパークの水面からは湯気が立ち上り、メリーゴーランドには馬の代わりに湯の張られた浴槽が並んで、乗客が温泉に浸かって廻っている。

「どういうわけなんだ。これでは、遊園地ならぬ**湯~園地**ではないか」

「わかりません。我々が、猿から神託を授かろうとするのを武者小路泉家が邪魔するのかもしれません」

当たり湯を教えてもらえるのだ。これぐらいの試練があってしかるべきだろう。

その後も、二人はことある毎に天から、あるいは横から、湯を浴びせられて、どうにかこうにかバードパークにたどり着いた。服は、もうびしゃびしゃだ。それでも先輩は動じることなく、バードパークの檻に入っていった。

「おっ、あいつは**シャーロット**だな。おーい、シャーロット。さつま芋を持って来たぞ」

先輩は、バードパークへ入るとすぐさま、遠目から猿の名前を言い当てた。

猿は、クジャクの背に乗っていたが、先輩に名前を呼ばれると、人だかりをすり抜けて、先輩の方へ駆けてきた。先輩はこの日のために、高崎山自然動物園に通って、猿を手なずけていたのだ。

湯太郎は先輩から、英国女王の初孫が生まれたとき、高崎山にわっと人が駆けつけ、大騒ぎだったと聞いた。思えば、そのプリンセスと同じ名前をつけられた猿が、このシャーロットだ。

「よしよし、いい子だ。さあ、たんとお食べ」

そういうと、先輩は甘太くんを差し出した。他の人間が、周りに集まって来るだけで、一向に餌をくれなかったので、お腹が空いていたと見えて、シャーロットは美味しそうにさつま芋を食べた。どこか顔が凛々《りり》しい。

「さあ、今年の当たり湯を教えてくれ」

先輩がそう頼み、二人で耳を澄ませていると、シャーロットは、

「ぶらっじぃ、へるぽん」

と言った。先輩と湯太郎は顔を突き合わせて、眉をひそめた。

「なんだ、ぶらっじぃ、へるぽんとは。そんな湯は聞いたことないぞ。ブラで自慰、減るポン……新手のとんちか」

「うーん。わかりませんねえ。もう一度聞いてみましょう」

そういうと、今度は湯太郎が甘太くんを差出し、シャーロットに食べさせる。

「もう一度、頼むよ、シャーロット」

「ぶらっでぃ、へる、ポン」

シャーロットはもう一度、同じ言葉を繰り返し、もうこれ以上、貰えないと知ると違うところへ行ってしまった。猿と湯太郎たちを囲むように人だかりができていたが、その輪もシャーロットの後を追って行ってしまった。

「ぶらっでぃ、へる、ポン。なんでしょう」

「うむ、わからぬな。今年は空振りだったのかもしれない。それとも蒸かした芋でないから駄目だったのか」

「ぶらでぃ、へる、ぽん。このリズム、どこかで……今日の朝…ああっ、**血の池地獄**。先輩、今年の当たり湯は血の池地獄です」

「なに、どういうからくりだ」

先輩はまだ分からぬと見えて、混乱している。

「ブラッディ、ヘル、ポンドですよ。あいつ、英語で教えてくれたんですよ」

「なるほど、Bloody Hell Pondか。さすがは英国女王の初孫の名を授かっただけはある。異国の言葉を使いよるのか」

「これで、残すは七つですね」

「うむ、間に合えばよいが。行くか」

二人は再び駆けだした。ラクテンチでだいぶ時間をくった気がするが、目的の湯が一つわかったことで、湯太郎たちの足取りは軽かった。

湯太郎と十三先輩は、そのまま山沿いに進み、いちのいで会館に駆けこんだ。ここは、全国的にも珍しい青い湯で知られ、食事をすると、風呂に入らせてくれる温泉である。貸切り湯に入ると、温泉玉子までもらえる。貸切り以外にも露天風呂が二種類あり、男女日替わりの交代制である。

一方は、別府が一望できる絶景の湯で、晴れた日には海と空と湯の三つの青色を堪能することができる「**景観の湯**」である。しかし、今日は奇数日にあたるので、男はもう一つの「**金鉱の湯**」だった。こちらは見晴らしがいいわけではないのだが、背後の森から滝の音が聞こえて、心やすらぐ。

金鉱の湯へ行こうと、女湯との別れ道にさしかかったところで、湯太郎はぴたりと足を止めた。そして、開いた口がふさがらなくなる。

景観の湯の入口前に、ライオンがいたのだ。

「せっ、先輩。ライオンがいますぜ」

あまりの事態に、口調までおかしくなる。

「何を言っておる、妄言を吐くでない。ほらっ、さっさと行くぞ」

十三先輩は、振り向く素振りもなく、ずかずか歩いていく。

「いや、でも、本物のライオンですよ」

ライオンは眠っているのか、まぶたを閉じて、その場にしゃがみ込んでいる。金色の長いたてがみが、日の光を受けて燦然《さんぜん》と煌《きら》めいて、風になびいていた。

「さては湯太郎、儂《わし》に女湯を覗かせて、失格にさせる腹だな？　ふん、そんな古典的な手に引っかかるもんか。たとえ真《まこと》だとしても、いまさらライオンごときで動じるでない。フロマラソン中だぞ、何が起こってもおかしくない。むしろ、ここが当たり湯である疑いが強まったということであろう。しかし、何故《なにゆえ》いちのいでにライオンが……」

などと、先輩はごにょごにょ言いながら、振り返りもせずに坂道を登って行った。

先輩に置いて行かれてはことだ。覗きの嫌疑を掛けられても言い訳が立たない。

湯太郎は念のため、もう一度確認してみたが、目を向けた途端、あくびをしたライオンと目が合った。

これはいけない、と湯太郎は震えあがって、先輩の後を追い、男湯に飛び込んだ。見事なコバルトブルーの湯に体をひたす。

「当たりだといいですね……」

湯太郎は気を逸らそうと、当たり障りのない話題をふる。先輩はいつも通り、返事をかえす。

「うむ。そうでなくても、そろそろ財布が心許《こころもと》ない」

観海寺温泉郷は、その名の通り、別府湾を一望できる絶景の露天風呂が多い。そしてその分、料金が高い。町中にある共同湯のように百円とはいかない。なので、湯太郎たちのような貧乏学生はめったに訪れない。

「それに、ここがハズレだったら、いよいよ松乃井の実家が本命になってしまう。あの巨大ホテルで、妨害工作をされるとなると恐ろしい」

「きっと、意味もなく通行止めの立札が出されて、ぐるぐるとホテルの中を歩かされるのでしょうね」

「その上、清掃中の札を出されて湯に浸かれないかもしれない。考えるだに恐ろしい」

念のため、誤解が生じないよう申し添えておくが、別府最大のホテルは、良心的なサービスで知られ、別府市民もわざわざリクリエーションに泊まりにいく一流のホテルである。

「そろそろ三分経ちましたかね」

「うむ」

二人が温泉から指を出すと、右手の小指に、綺麗な♨マークの皺《しわ》ができている。

「やりましたね。これで三つ目です」

「むむ、過去最短記録じゃ。今年は運が向いておるぞ。あとは飯を掻《か》きこむだけだ、急げ」

二人は母屋《おもや》に駆け込み、食事を所望《しょもう》した。ちょうど昼飯時とあって混んでいたが、間もなく御膳が運ばれてきた。

後ろの団体が、美味しそうにビールを飲んで騒いでいて、湯太郎らも湯上りの一杯を飲みたい誘惑に襲われたが、なんとか誘惑にあらがい、腹ごしらえを済ませた。いちのいで会館は湯もよいが、本業が仕出し屋なので、食事もうまい。

「贅沢《ぜいたく》をした気持ちになりますね」

「間違いなく贅沢じゃ。別府は豊かな町よ」

二人は、いちのいで会館を出て、さらに山奥へ向けて駆けだした。

さて、次は堀田温泉である。堀田温泉郷は、山の手に立つ観海寺温泉より、さらに山奥にある。一言で言い表せば「秘湯」だ。

観海寺よりかなりの距離があるので、二人は話題もつき、もくもくと走り続けた。湯に入り続け、ご飯を食べたあとでは、ペースが上がらない。坂道をひいひい言いながら、登った。

橋を渡り、こんな所に温泉があるのかという細い道を突き進んだ先に、**「夢幻の里　春夏秋冬」**が現れる。春は桜、初夏は新緑、秋は紅葉、冬は雪景色と、四季折々の風情が楽しめる温泉である。温泉の桃源郷ともいえる。別府温泉郷や**明礬《みょうばん》温泉**郷は熱いので有名だが、堀田温泉エリアの湯はそれに負けず劣らず熱い。最も熱くて泉質が強いという説もある。

脱衣所に入ると、ぷうんと硫黄の臭いがした。どうやら先客があるようで、湯けむりでよく見えないが、涼み台のところに大男が座っている。おそらく外国人だろうか、肌が茹蛸《ゆでだこ》みたいに真っ赤になっている。今朝、竹瓦温泉で出会った男を思い出させる。

さすがの十三先輩も、走り疲れてか、無駄口を叩く余裕もない。しかも、堀田温泉の熱湯で、三分は辛い。別府八十八湯に登録されている堀田温泉の湯は、わずかに五つだが、美しい眺望を眺めながら入る観海寺温泉の六つとは比較にならない。先を思うと、ぞっとする。

しかし、
湯あたりでリタイアが続出するのも、この辺りだ。まさに地獄であり、火傷注意である。

「先輩、出ましたよ。四つ目の♨マークです」

「まさかっ」

十三先輩は、いまだ信じられないのか、まじまじと左手の親指を見つめている。はっきりと♨マークが印されている。

「ツキ過ぎている。今年は天が我らに味方してくれておるぞ」

そう言って、「がははっ」という笑い声が続いた。

「先輩に笑う元気が戻って良かったです」

湯太郎が手元から顔を上げて、先輩を見たが、笑ったのは先輩ではなかった。十三先輩は顔を強張らせて、湯船の外を見ている。視線の先には、先ほどからいた茹蛸の外国人がいた。男はもう一度、がははっと笑った。

「その声は、……」

湯けむりが晴れ、真っ赤な男の全身が見える。頭から足の先まで綺麗な朱色である。長い鼻の先まで赤い。

「「やよい天狗‼」」

二人は声をそろえて叫んだ。男は、別府フロマラソン名物、やよい天狗に他ならなかった。

天狗は、大陸から別府にやって来たのだが、悪さをしようとしたところ、天から懲らしめられ、羽の怪我を治すために湯に浸かる日々を過ごすうち、すっかり温泉が気に入って、別府に居ついたという。それ以来、守り神として、駅前の商店街に鎮座している。

「ツイておるというのなら、その運、存分に試してみるがよい。ほーれほれ」

そう言うと、天狗は傍らに会った芭蕉扇《ばしょうせん》をひと扇《あお》ぎした。たちまち、大風がつむじを巻いて吹きあげ、湯太郎と十三先輩を攫《さら》っていった。

やよい天狗は別府フロマラソンのときだけ、方々の湯に現れ、参加者と戯れる。天狗の扇で飛ばされた者は、当たり湯から当たり湯へ飛ばされる。ただし、それがどの当たり湯へ行くのかは運次第で、一度入った湯に飛ばされることもある。湯太郎は去年、最初に立ち寄った温泉に飛ばされ、苦汁を飲まされた。

「ここからは別々じゃ。湯運を‼」

飛ばされる間際、先輩がそう叫んでいるのが聞こえた気がした。

(振り出しに戻されるのだけは嫌だ。どうか、隠れ湯か亀川温泉でお願いします)

風にあおられて、別府の空を独楽《こま》のようにくるりくるりと回りながら、湯太郎は一心に願った。

＊＊

大きな音と水しぶきを立てて、湯太郎は湯のなかに不時着した。目がまわって、しばらく右も左も、天も地も区別がつかなかった。自分がどこに飛ばされたかは、もちろんわからなかった。

湯に溺れながら浴槽の青いタイルが見てとれる。湯は美しく透きとおっていて、肌触りが滑らかだ。窓から明るい光が射していて、天井の方角の見当がつく。湯から顔を出すと、うす緑の壁紙に見覚えがあり、おやっ？　と思う。

「鑛泉分析表」と書かれた旧字体の**温泉カルテ**で、湯太郎はピンときた。

(願いが通じた！　四の湯《しゆ》だ！)

四の湯温泉は、亀川温泉郷にある、別府でもっとも歴史の古い温泉だ。一説によれば、江戸初期からあるとされ、熱海、有馬、道後温泉に続く「四番目の名湯」ということから、その名がつけられたそうだ。

湯太郎は、中央で二つに分断されている、楕円型の浴槽に浮かんでいた。大きな水音を立ててしまったので、不審な目で見られるのではないかと思ったが、幸い誰もいなかった。

四の湯温泉は、湯太郎の好きな温泉の一つだ。飽きのこない味わいがある。地元の人はもちろん、各地の温泉好きがひっきりなしに押しかけてくるので、湯船を一人占めできる機会はめったにない。せっかくなので、湯太郎は手足を伸ばし、四の湯を満喫することにした。

しかもありがたいことに、ぬる湯の浴槽に飛ばされたらしい。四の湯は、中央で分けられた片側がぬる湯で、もう片側があつ湯になっている。風で舞っているうちに、体が冷えて湯冷めしたところだったが、走っては湯に浸かるを繰り返したあとなので、やはりぬる湯ぐらいがちょうどよい。まろやかでやさしい湯にしばしやすらぐ。

しかし、四の湯温泉に限らず、亀川温泉郷には、湯太郎の好きな湯が多い。たとえフロマラソンを完湯できなくても、湯太郎は四の湯温泉、**浜田温泉**、**亀陽泉**《きようせん》、**亀川筋湯温泉**、**競輪温泉**、**とんぼの湯**……と、亀川温泉郷を巡るのを楽しみにしていた。なので、楽しみを奪われてしまった気がしないでもない。いや、

（ここは素直に喜んでおこう）

と、湯太郎は思いなおした。

（少なくとも、亀川筋湯が当たり湯でなくて良かった）

と思った。亀川筋湯温泉は、熱いを通り越して、痛いとさえ言われる。先輩に言わせれば、鍛錬が足りないだけだが。

そんなことを考えていると、あっという間に三分が経って、指に♨マークが現れた。

「よし、これで五つ目だ」

湯太郎は、そう声に出して、湯からあがった。脱衣場に行き、服を着る。ちゃんと持ち物も飛ばしてくれるあたりは、やよい天狗も親切だ。番台さんに事情を話し、かえるのがま口財布から入浴料の百円を後払いする。むろん、相手も先刻承知で、別段《べつだん》気にもしない。

（そういえば、十三先輩は無事だろうか）

建物を出ると、満開の桜の花に出迎えられた。四の湯は公園のなかに建っている。この時期、周辺一帯の桜には、樹から樹へと湯まつりの提灯が吊るされ、なんともお祭り心をかきたてる演出がなされている。

湯太郎はそこで、試しにめじろ笛を力一杯鳴らしてみた。が、やはり応答はなかった。先輩が一緒だと、なにかと心丈夫なのだが、飛ばされた方角すらわからない。あきらめて、ここからは一人旅の決意を固めるしかあるまい。

湯太郎はしかたがないので、**柴石温泉**《しばせき》郷を目指す。浜脇温泉エリアが別府の南端なら、亀川は別府の北端である。

浜脇から山沿いに進むと、観海寺温泉郷、堀田温泉郷に至り、やがて扇山に行きつく。同じように亀川温泉から山を登っていくと、柴石温泉郷、鉄輪《かんなわ》温泉郷、明礬温泉郷となり、最後は同じく扇山に行きつく。別府には大きく分けて二つの湯路があることになるが、それがそのまま別府の南北の断層であり、期せずして、湯太郎は理想のルートを辿ることとなった。

その上、次の柴石温泉エリアの当たり湯は、ラクテンチの神託によって、すでに判明している。そもそも柴石温泉の湯は、温泉郷の名でもある、湯治の名湯**柴石温泉**、寺の境内にある貸切湯、そして**血の池地獄の足湯**の三つだが、シャーロットのお告げで、血の池地獄を目指せばいいことがわかっている。

亀川温泉から柴石温泉へ、そしてそこから明礬温泉へ至る道は、ひたすら山道を駆けあがることになるので、寄り道をしないでもいいのは、それだけでありがたい。問題は、制限時間内に明礬温泉まで走って辿り着けるか否かである。

日は、すでに傾きはじめている。火まつりが始まるのは、夕方六時ごろだ。それから火が燃えつきるまでおよそ一時間。その時が、別府フロマラソンの終了時刻である。のんびりしている時間はない。

湯太郎は、血の池地獄を目指してすでに走りはじめていた。

4

四の湯から旧国道を降り、県道に合流するところで直角に折れてからは、ひたすら坂道を駆け登る。舗装されているとはいえ、かなりの傾斜があるので、スピードはあがらない。それでも、柴石川に沿って、川の流れに逆らうように少しずつ駆け上がってゆく。

息もすっかり上がって、足をあげるのもやっと、というところで**長泉寺薬師湯**の前を通りすぎた。こちらは、お寺の境内にお湯が湧いていて、記帳を行い、お布施をすれば誰でも入れる。すぐそばにある龍巻地獄から源泉を引いている、いわば地獄湯である。

さっぱりとした酸性湯の名湯だが、今日の湯太郎にはご縁がない。その寺の前を通りすぎて、延々とつづく坂道を登っていると、急に空模様が怪しくなった。

（一雨来るかもしれない）

と思うぐらいに、空が瞬く間に黒雲で覆われて、辺りが薄暗くなった。かと思ったら、みるみる雲が晴れていって、雲間から太陽が覗いた。

（ん？）

湯太郎は何か引っかかるものがあった。試しに空を見あげながら引き返してみる。すると、後退にするにつれて空は曇り、暗黒に呑まれていく。

（もしや、これは……）

湯太郎は辺りをきょろきょろと見回す。すると、家屋と畑の間に、あぜ道のような細い道が延びている。湯太郎は、

「ここだ！」

と飛び上がって叫び、道なき道を突き進んだ。道を行けば行くほど、空は暗黒に転じて、湯太郎の思いは確信に変わった。あぜ道はすぐに鬱蒼《うっそう》とした山林に突き当たり、道がわからなくなった。

が、真っ暗な森のなかで、斜面の上方がぼんやりと明るい。湯太郎はその明かりを頼りに、森を進んでみることにした。

しばらく行くと、誰かが話している声が聞こえてきた。それも二人三人ではなく、大きな声を出している。尚も進んでいくと、声がはっきり聞こえてきた。

「坊ちゃま、どうか勇気を出して進んでください」

「嫌だ！　あんな場所、死んでも行かぬ」

「私たちが必死になって探りあてた場所ですぞ」

「嫌なものは嫌だ！　あんなところへ足を踏み入れるのは、死んでもごめんだ！」

「そんなことでは、ルナさまに笑われてしまいますぞ」

声の主はおおかた予想がついたが、近づいてみると、やっぱり松乃井だった。そばの樹に吊るされた提灯の灯りで、松乃井が、黒ずくめの大人たちに囲まれながら、大木にしがみついて駄々をこねているのが見えた。

いったい何をそんなに怖がっているのかと思って見上げた湯太郎も、一瞬ぎょっとした。森の向こうに佇んでいるのは、赤い屋根にレモン色の外壁の建物である。もっとも高い棟に、赤い色のおどろおどろしい字体で「**夜明温泉**」と書かれている。しかも「温」の字は剝がれ落ちて欠けている。

人気《ひとけ》がなく、建物からは明らかに不穏な空気が漂っている。

「今年はそう来たか……」

湯太郎は小さく呟いて、唾を呑んだ。松乃井が怖がるのも無理はない。「夜明温泉」は大分県と熊本県の県境にある廃ホテルである。明るいイエローに赤い屋根というポップな見た目にも拘《かか》わらず、山道に放置されボロボロになった建物が、廃墟マニアの間で人気を博している（ちなみに、**九州八十八湯**に指定されている名湯「**夜明薬湯温泉**」は、よく混同されるが、川向うにある全く別の温泉である）。

はるか西にある日田市の施設が、別府にあるはずがない。が、どうやらこの夜明温泉が、今年の隠し湯に選ばれたらしい。

隠し湯は、フロマラソン間だけ別府のどこかに武者小路家泉家が出現させる、サプライズ湯のことである。どういうからくりかはわからないが、夜明温泉が時空を捻《ね》じ曲げて、柴石の山麓に現れたのはそういうわけだ。廃ホテルといっても、管理者がいるので、日頃は立ち入りさえ禁じられているのに、武者小路泉家が許可を得たのかどうか怪しい。

いずれにしろ、現役の温泉ではないのだから、妙な闇と静けさが建物を包んでいる。その上、山の中となれば、幽霊や化け物の類が寄りついていてもおかしくない。

（しかし、これを乗り越えねば完湯はありえない）

それだけははっきりしている。湯太郎は、愛夢ルナの顔を胸に思い浮かべて一歩を踏み出す。

「先に行くぞ、松乃井くん」

そう小さく呟いて、湯太郎はわめきちらす松乃井の横を通り過ぎた。後ろから、

「ヒッ〜！　幽霊！」

とヒステリックな声に続いて、

「あれは明礬殿《みょうばん》ですぞ」

「しっかりしてください、坊ちゃま」

「先を越されてしまいましたぞ」

「だまされないぞ。あれは幽霊だ！　あんなおんぼろ屋敷には絶対に入らないからな」

と珍妙なやりとりが聞こえてきた。可哀そうだが、放っておくしかあるまい。

湯太郎は、ひとり「夜明温泉」の中へ足を踏み入れた。アンティーク調の椅子や調度品がならび、施設内は思ったより綺麗である。廃業前の様子が再現されているらしい。

湯はどうやら地下にあるようで、下へ向かう階段にだけ明かりがついている。湯太郎はそろそろと地下へ向かうが、急に空気がひやりとしはじめ、階段を降りていくに従って、冷気が増してくる。フロマラソンで火照《ほて》っていた体も、急に冷えだし、吐く息がほのかに白い。

湯太郎は、十三《じゅうざ》先輩と一緒に、夜明薬湯温泉の帰りに、「夜明温泉」の前まで来たことがある。川に面した造りになっていたから、温泉が地下にあるといっても、露天風呂が川に臨む形にできていたのだろう。しかし、この山中では地下に埋もれているに違いない。陽の光が全く入らないで、廊下に真に迫った闇が蔓延《はびこ》っている。湯太郎が足を動かすたびに、床がみしみしと鳴った。その先に温泉の入口があった。

湯太郎ががらっと扉を開けると、干上がった大きな浴槽と窓を覆う土の色が目に入った。やはり露天は地中に埋もれているようだ。むろん、浴場には誰もいない。乾ききったタイルが物悲しさを掻きたてる。わずかにともった明かりの下に、枯れた浴槽とはまた別の、小さな浴槽がある。

そこにミント色の湯が、何事もないように張ってあった。


湯はたいへん結構な薬湯であった。湯太郎が湯からあがってくると、体の芯が温まったからか、廊下の寒さも気にならず、ロビーの様子も少し変わっていた。

先ほどまで何も載っていなかったテーブルに、ペットボトルが置いてあり、その横に三毛猫が座っていた。毛がふさふさした、本物の猫だ。猫は、

「ミャア」

と一鳴きした。どうやらここの番台代わりらしい。

かたわらにあるペットボトルは、近頃話題の**日田天領水**だった。ご丁寧に、コップまで用意されている。

「飲んでよいのでしょうか」

と湯太郎がおそるおそる尋ねると、猫はまた、「ミャア」と鳴いた。湯太郎は、猫の頭をそっと撫でたあと、天領水をコップに注ぎ、クッと飲み干した。舌に沁み入るような、口当たりの良い水が、湯上りの体をうるおしていくのがわかった。

「ありがとうございました」

湯太郎はコップを置き、お礼を言うと、温泉を出て行きかけ、そこではっと気が付いた。

（――御代を払っていない）

無銭入湯は即失格である。危ないところだった。湯太郎は財布を取りだして、お代を払おうとする。そこでふと気づく。

（いくら払えばいいのだろう？）

夜明温泉の入浴料がわからない。辺りを見渡したが、日帰り湯の値段はどこにも書かれていない。

湯太郎は焦《あせ》った。別府市内の温泉であれば、たいていの値段は承知しているが、さすがに夜明温泉は守備範囲外だ。

（たしか、夜明薬湯温泉は四百五十円だったと思うから……夜明温泉も同じくらいだろうか）

財布の中身を確認すると、五千円札と千円札が一枚ずつ、それから小銭が数枚残っている。小銭は四百五十円に満たないので、湯太郎は千円札を抜き出して、机の上に置こうとした。が、日田天領水が目に留まる。

（しまった。天領水代を忘れていた！）

温泉代だけなら、千円でお釣りが来ようものを、天領水代が入ると全部でいくらになるのか、湯太郎にはまったく見当がつかなかった。その水が最近大ヒットして、全国から注文が殺到しているという事情には通じていたが、なにせ先輩に毒されてか、湯太郎はそういった方面には全く明るくないので、希少な水の値段がいくらなのか、予想がつかないのだ。

健康グッズには、時におそろしい値段がつくことがある。そんなことを思うと、湯太郎は千円で足りるのか不安になった。かといって、ここで五千円札を手放すのはいかがなものか。千数百円で、あと三つの温泉郷を回れるわけがない。だが、ここでケチって、万が一にでも失格になっては元も子もない。普通の温泉なら、番台に金額を尋ねるか、お釣りをもらえば済む。けれど、番台代わりの三毛猫は、先ほどからこちらを見上げ、ミャアミャア鳴いているだけだ。

考え出すと、薬湯温泉の四百五十円も、五百六十円だった気がしてきて、湯太郎はますますいくら払ったらいいのかわからくなった。猫はミャアミャア鳴く。

湯太郎はさんざん迷った挙句、千円札とありったけの小銭を置いて行くことに決めた。猫は机に置かれたお金に前足を載せると、また「ミャア」と鳴いて湯太郎を見上げた。受け取った、という意味だろう。

やっぱりお釣りはもらえないのだろうか、と湯太郎は未練がましく三毛猫を見たが、猫は、つんと横を向いている。余分に払った分は、温泉文化の発展に使われるのだろう。湯太郎は泣く泣く、三毛猫に別れを告げた。

「残り五千円か」

　これだけあれば大丈夫だとは思うが……湯太郎は急に懐が寒くなった気がした。

　建物を出るとき、隣のテーブルに、空のペットボトルとコップが置いてあるのに気がついた。入ってきたときには何もなかったはずだ。湯太郎と行き違いで、誰かが上がってきたのだろうか。

（しかし浴室では、誰ともすれ違わなかったはずだが……）

　湯太郎は首を傾《かし》げながら、夜明温泉をあとにした。

　表へ出ると、松乃井たちの姿はなかった。あの様子では、おそらくリタイアだろう。いや、一等になれなければ、リタイアも参加賞も同じである。先を急ぐしかない。湯太郎は、元の目的地である血の池地獄を目指して駆けていった。


　血の池地獄の前まで至ると、山の上から転がってくる熊みたいな男が見えた。熊男は、くるりん、どすん。くるりん、どすんとでんぐり返しをするように転がってくる。

　奇妙奇天烈な輩がいるものだと思って、よくよく見ると、十三先輩である。先輩もこちらに気が付いたようで、「おーい」と手を振って普通に駆けてきた。服はもちろん泥だらけである。

湯太郎は周囲から、あの人の知り合いと思われるのは恥ずかしいと思ったが、先輩はあっという間に湯太郎のところまでやって来た。

「湯太郎、短い別離だったな。達者そうで何より。がはは」

「先輩もご無事で何よりです。それにしても、さきほどの奇天烈な運動は何ですか」

「走るのに少々疲れたので、前回り受け身をしながら坂を下ってきたのだ。お蔭で足は温存できたが、全身が痛くなってしまった」

そう言って、先輩はまた大きくがはは笑った。湯太郎は、もうどこからツッコんでいいのやらわからない。つまり、いつもの先輩である。

「元気そうで何よりです。どちらまで飛ばされたのですか」

「それがひどい話でな、いちのいで会館に戻されてしまったのじゃ。どうしたものかと思い悩んだが、おみくじの言葉を思い出して、血の池地獄を目指すことにしたのじゃ」

湯太郎は、先輩が引いたおみくじの「探人」の欄に「地獄にて逢えるでせう」と書かれていたのを思い出した。

「なるほど」

と思ったが、いや、しかし、

「観海寺温泉からここまで、走ってこられたのですか」

いくら何でもおかしい。それでは、別府の町を南から北へ横断したことになる。車を使ったとしても、この短時間でそんなことができるか怪しい。どんな秘術を使ったというのか。

「例の地下道を使ったのだよ」

「ああ、**進駐軍**の掘った奴ですね」

「うむ」

それで湯太郎も合点がいった。別府の地下には、**謎の地下道**がある。別府は、戦後十一年にわたって、進駐軍の駐屯地になっていたのだが、地下道は彼らが掘ったものとされている。しかし、奇妙なことに使途がよくわからない。非常用の避難経路として掘られたのか、あるいは駐屯地まで温泉を引くつもりだったのか。

奇妙な地下道はコンクリートで四方を固められ、一般に発見されている分だけでも、総計五〇〇メートル分が見つかっている。入口は三つ。旧別府商業高校に一か所、その近くにある鶴見園町の住宅街に二か所。いずれも、進駐軍の将校宿舎があった場所だ。

別府フロマラソンの際には、この地下道の入口が増え、地下通路内も奇妙に連結し、日頃行き止まりの箇所から、別の地下通路にわたることができる。その仕組みは複雑怪奇で、へたに迷い込むと天狗のつむじ風よりも痛い目を見るのだが、温泉研究会では、かつて十年の歳月を費やして、まだ見ぬ後輩のためにそのからくりを解き明かしたのである。十三先輩は、その地下道を使い、別府の町をものの数十分で横断したのである。

「地下道は町中を横切るのには便利だが、海沿いや山沿いを走る分には役に立たないから、今年は使い道がないものとばかり思っていたが、念のために確認しておいてよかった。備えあれば憂いなしじゃ。さあ、いざ地獄へ参ろう」

二人はそんなやりとりを交わしながら、血の池地獄の施設へ入っていった。

別府といえば**地獄巡り**である。血の池地獄は、そのなかでも**別府七大地獄**に数えられる観光名所だ。酸化鉄や酸化マグネシウムを多量に含む赤い熱泥が地下から湧き出していて、一面に溜められた赤い湯が血の池を連想させることから、その名がついた日本最古の天然地獄だ。

他にも別府には、住職と寺が吹き飛ばされたという言い伝えが残る**坊主地獄**、海碧色の**海地獄**、灰色の熱泥が丸く噴き出す**鬼石坊主地獄**、温泉の熱でカバやフラミンゴなどの南国の動植物が飼育されている**山地獄**、一丁目から六丁目まで数々の湯が楽しめる**かまど地獄**、ワニがうじゃうじゃいる**鬼山地獄**、ピラニアやピラルクに会える**白池地獄**、一定の間隔で熱湯が天空へと噴きあげる**龍巻地獄**などがある。

三途の川の渡し賃とばかりに、四百円の入園料を払って血の池地獄の門をくぐるや否や、白い湯けむりがもくもくと視界をさえぎった。

「今日は一段と凄まじいな。いや、結構結構。ごほほっ、いやはや、これは少しやりすぎだろう、前代未聞だ」

いつもは血の池地獄からほのかに立ちのぼっている湯けむりが、今日はおそろしい勢いで辺りを覆っている。

「とんでもないですね。からからだった咽喉があっという間に潤いました。それどころか、口の中が鉄臭いです」

「うむ。手早く済ますぞ」

先輩はそう言うと、たちまち服を脱ぎはじめた。辺りに湯けむりが立ち込めてよく見えないとはいえ、先輩の奇行に辺りの人がぎょっと凍りつく。

「先輩、何をしているんですか」

湯太郎の制止も間に合わず、十三先輩は素っ裸で血の池地獄に飛びこんだ。湯太郎は思わず目をつぶった。血の池地獄はいつもよりいっそう真紅に染まり、ぐつぐつと煮立っている。

間もなく、先輩の悲鳴が聞こえた。

おそるおそる目を開けると、施設の人や周りにいた観光客が裸の先輩を引き上げている。

「なんだ、新手の自殺か」

「血の池に飛びこんだ馬鹿がいるらしいぞ」

がやがやと人が集まってくる。湯太郎も先輩のもとへ駆けつける。

「先輩、何やっているんですか」

「血の池地獄が当たり湯ではないのか。シャーロットに謀《たばか》られたようだ……」

先輩は息も絶え絶えに弱音を漏らした。肌が真っ赤に腫《は》れている。

「先輩、そうじゃありません。別府八十八湯に登録されている血の池地獄は、血の池ではないんです。血の池地獄の足湯なんですよ」

そう言って、湯太郎は血の池地獄のそばにある足湯を指さした。

「なんと、ぬかったわ」

共同浴場をこよなく愛する十三先輩は、**湯布院**や別府七大地獄などのよそ向けの観光施設があまり好きでない。そのせいもあってか、温泉道を突き進む先輩も、血の池地獄に足湯があるのを見落としたのだろう。

「俺を置いて先へ行け。お前はあそこで六つ目であろう。なに？　な、七つ目だと……なおさらだ。悔しいが、拙者《せっしゃ》はまだ五つ目。残っている湯からしても、亀川と明礬では山の下と上だ。さすがに無理がある」

湯太郎が躊躇《ためら》っていると、施設のスタッフが湯太郎を邪魔だとばかり押しのけ、十三先輩に赤い軟膏《なんこう》を塗りたくりはじめた。血の池地獄名物「**血ノ池軟膏**」だ。血の池の鉱泥を主成分として、しもやけ、火傷、ひび、あかぎれなどの皮膚病に効能があるとされる。血の池地獄にやけどを負わされた先輩が、血の池軟膏を塗りたくられてみるみる癒やされていく。先輩は事切れたとばかり、目を閉じている。

湯太郎は断腸の思いで、足湯へ浸かりにゆき、間もなくして七つ目の♨マークが指に現れた。もう一度、先輩のもとへ行くと、人だかりはだいぶ減っていた。

「どうですか、先輩」

「うむ、だいぶ良くなった。どうやら軟膏の効能もフロマラソンの影響で強まっているらしい」

「まだご無理はなさらないでくださいね」

立ちあがろうとする先輩を湯太郎は制した。

「ところで、湯太郎」

先輩の声の調子が急に弱弱しくなる。

「一つ頼みがあるのじゃが」

「何でしょう。僕にできることでしたら……」

「うむ。誠に申し訳ないのだが、先ほどからスタッフが軟膏の代金を待っておる。わしの札は、血の池地獄に溶けてしまったようじゃ。手元にこれだけしか残ってなくてな」

そう言って、先輩は湯太郎に小銭を託した。

「なんと……」

そんな先輩から金を取り立てようとする職員も、さすがは地獄のスタッフだ。緊急事態でも、取るものは取る。最後に残っていた人だかりは、お代の支払いを待つスタッフだった。

湯太郎は、これも乗り掛かった舟かと思い、がま口に手を掛けて、スタッフにお代を尋ねた。

「代金は四二〇〇円でございます」

湯太郎は目が点になった。先輩の全身に塗るのに、軟膏三つを使い切ったらしいのだが、代金は湯太郎の持っていたほとんど全財産に近かった。血ノ池軟膏というヤツは、なかなかに値が張るらしい。湯太郎がスタッフに渋々お代を払うと、

「高い勉強代であったな。がははっ」

と、先輩はいつもの調子に戻って他人事のように言った。湯太郎は先輩がちょっと恨めしく思ったが、どうやら先輩は空元気だったらしく、立ち上がろうとしてよろめいた。

「やはり、無理なさらない方がいいですよ」

「いいや、ここで終わっては男が廃《すた》る……仮にも別府大仏の生まれ変わりと呼ばれた男じゃ。たとえ地獄の湯とはいえ、湯あみで負けては、**毎年湯あみされている一遍上人**に申し訳が立たない」

どうやら秋の湯まつりで、一遍上人の石仏が湯あみされることを指して言うらしい。

「冗談を言っている場合じゃないです。後は僕に任せて、ゆっくり休んでください」

先輩はどうにか歩き出そうとしたが、やはり足元がおぼつかない。

「うむ……この有り様では、そうするしかないらしいな。しかし、せめて温泉道の先輩として餞別《せんべつ》を送らせてくれ」

そう言うや否や、先輩は脱ぎ捨てた法被《はっぴ》を羽織り、血の池地獄の外へ向かって黙って歩きはじめた。周りの人々も、先輩の決意のこもった顔つきに押され、黙ってそれを見送った。湯太郎も仕方なく後に続いたが、先輩はすぐにふらついたので、背中におぶっていくことにした。

「すまぬな」

先輩は心から申し訳なさそうに言った。湯太郎はそんな先輩を励ます。

「いいえ、先輩あってこそのこれまでの僕ですから。それで、どこへ向かえばいいのですか」

「隣の龍巻地獄へ行ってくれ」

血の池地獄と龍巻地獄は隣り合っている。血の池地獄の施設を出ると、龍巻地獄の前のランプが赤くついている。もう間もなく、噴泉が起こるらしい。

先輩をおぶって、歩いて行くと、湯太郎の首筋にひやりと冷たいものが落ちた。はっと気づくと、先輩が涙をながして震えているのが背中越しに伝わってきた。

「糞《くそ》、今年も駄目《だめ》だったか……」

先輩の呟きが聞こえてきた。涙を必死にこらえようとしている様子に無念さがひしひしと伝わってくる。

（先輩はいったい、何を願うつもりであったのだろうか。）

先輩が泣いて悔しがるからには、きっと何か高級な願いだったのだろう。湯太郎は、前日に先輩の願いを邪推した自分を恥じた。

湯太郎は先輩をおぶって、黙々と龍巻地獄へ向かった。入園料は、もちろん湯太郎が二人分払った。中に入ると、多くの客が、噴泉が起こるのを今かと今かと待ち構えている。一番前の席で先輩を下すと、十三先輩は集中するように目をつぶり、口のなかで呪文らしきものを唱えた。

間もなくして頃合いに達し、湯がどぼりどぼりと湧きはじめたかと思うと、噴泉は瞬く間に勢いを強め、天へ向かってぐんぐんと伸びた。それに比例して、先輩の口のなかの言葉が大きくなる。観衆の視線が噴泉に注がれている。やがて噴泉は、噴出孔の天を覆っている岩へと達した。先輩はいまだ呪文を唱えている。すると、細い噴泉がにわかに膨らみ始め、みるみる太い湯の柱へ変わっていく。

（はて、おかしいな）

と湯太郎は思った。前に見た時には、こんなことは起こらなかったはずだ。

（とすれば……）

噴泉は気付けば電柱よりも太くなり、轟《ごう》と大きな音を立てて噴きあがって屋根岩を突き崩さんばかりとなった。

するると、十三先輩が目をかっと見開き、両手でぐいっと湯柱を引き寄せるような身振りをした。そして、大声で、

「飛び乗れ！」

と、湯太郎に命じた。

その瞬間、噴泉がぐらっと軌道を外れて、生き物のようにくねり始め、湯太郎の前を通り過ぎた。湯太郎は無我夢中で、その湯柱にしがみついた。湯柱はみるみる天へとのぼり、湯太郎の体を空へ運んだ。こわごわ薄目を開けると、湯柱はなんと龍に変じて、湯太郎を運んでいる。

これも温泉道の為せる業か。驚嘆のあまり、目を白黒させて、後ろを振り返ると、龍巻地獄がぐんぐん小さくなる。

こんな神通力が使えるのであれば、初めから使えば良かったのでは、と思ったが、一瞬ちらりと見えた先輩は、白い泡を吹いて倒れていて、周囲に再び人だかりができていた。渾身の力をふりしぼってのものであるらしい。

龍は山頂へ向かってぐんぐん進んでゆく。湯太郎は先輩への感謝の想いを新たにしながら、どこに行くかしれない龍の背に必死にしがみついていた。

5

湯太郎は再び別府の空へと舞い上がった。

それにしても熱い。龍巻地獄の噴気は百℃を超えているのだから、墳泉龍の背中もそれ相応に熱い。

温度は徐々《じょじょ》に冷めていったが、湯太郎は、もう少しで手を放しそうになった。その時、眼下の明礬《みょうばん》温泉郷へいたる坂道の途中に、センリキこと元気屋千力《ちから》の姿が見えた。元気屋は、お付きの者に背中をさすられて、うなだれている。

どうやら竹の神輿がしなって揺れ、車酔いを起こしたと見える。

「何事も日ごろの鍛錬じゃ」

青くなっているセンリキを見て、先輩の教えを思い出した。同時に、ここが正念場だと悟り、噴泉龍をつかむ手にぎゅっと力を入れなおす。さらば、センリキ!

さて、山の頂きへ向けて驀進《ばくしん》していた噴泉龍は、もうすぐで明礬温泉郷という所で、突然勢いを失い、ぐらりっと下降し始めた。

（もしや、火傷を負った身では、神通力が完全ではなかったのか）

と湯太郎は墜落する覚悟をした。

あわや地面に直撃というところで、龍がゆるやかな渦を巻いて静止した。湯太郎は、階段のようになっている龍の腹に足を掛け、龍の背を降りた。地面に両足を付けた途端、龍は溶け、湯へ戻った。熱いのを除けば、なんとも快適な空の旅だった。嬉しいことに、服も濡れていない。

辺りを見渡すと、明礬温泉の旅館街へ至る細い路地に降ろされたらしい。

湯太郎は、残金が気になり、かえるのがま口財布を取りだして、中身を確めた。

（残り、五百六十五円……）

思った以上に少ない。けれど、五百六十五円は、いくら見つめても五百六十五円である。その所持金で、あとどれだけの湯を回れるかわからない。しかし、先輩の思いに報いるため、何より自分の夢のために、湯太郎はできるだけ多くの湯を回らなければならない。となれば、明礬温泉郷で目指すべき湯は決まっていた。

それに、湯太郎は明礬温泉郷とはすこぶる相性が良い。二年連続当たり湯を引き当てている。なにせ、彼の名は明礬湯太郎だ。先輩の言葉を借りれば、明礬温泉に浸かるために生れてきたような名前だ。入学式でその名を耳にして、十三《じゅうぞ》先輩が泣いて口説き落としたのも無理はない。運を頼みにして、湯太郎はひた走った。

湯太郎が目指している**鶴寿泉**は、明礬の旅館街にある小ぢんまりとした共同浴場である。趣のある木造の建物で、表に二体のお地蔵様が祀《まつ》られており、その賽銭箱《さいせんばこ》に寸志《すんし》を入れることで入湯できる。湯太郎は、五百六十五円から五円を賽銭箱へ入れて、手を合わせた。

かつては**地蔵泉**という共同浴場が坂の上にあって、そちらを上の湯、鶴寿泉を下の湯と呼びならわしていた。けれど、地蔵泉が無期限休業してしまい、いまでは鶴寿泉が明礬温泉郷で唯一の共同浴場となっている。中に入ると、地元の人たちの声が聞こえてきた。

「こりゃどうか。今日は一段と**湯の花**が舞っちょるな」

「熱さもなかなかっちゃ、湯がピリリッと刺すようちゃ。一年のなかでも三本の指に入るんじゃなかろうか」

鶴寿泉の脱衣所と浴場は、開け放した入口で繋がっているが、一応独立している。湯太郎は急いで服を脱ぎながら、期待と不安の入り交じった気持ちで、湯に浸かっている先客の話を聞いていた。鶴寿泉は普段でも、水でうめないと入るのが困難なくらいに熱くなることがある。そのため、加水用のホースが不恰好にも常にだらりと伸びている。

そんな有りさまなので、当たり湯だったらどうなるのか想像もできない。

「もう無理ちゃ、はよ上がれ上がれ」

「そうじゃな、そげすんわい」

先客は瞬く間にいそいそと上がってきた。湯太郎は道を譲り、二人に入れ替わるように入っていった。

「熱いけん、無理すんなえ」

「ありがとうございます」

すれ違いざまに忠告を受けた。浴場に入ると、真ん中に四角い木枠の湯船がある。床と壁の底部が切り石でできており、狭いながらも粋な風情がある。

泉質はうっすらと白濁している酸性泉である。しかし、今日は白く濁った湯のなかに、ちらちらと光るものがある。

湯太郎はさっと湯を掛け、湯船につかった。鶴寿泉は湯治用の共同浴場なので、体を清める必要はない。

「あっちぃ」

覚悟は決めていたが、湯太郎は思わず声を上げた。飛び出しそうになったが、外へ出たら元の木阿弥《もくあみ》、当たり湯かどうか知るためには、もう一度三分間、熱湯に浸からなければならない。それは勘弁願いたい。湯太郎はじっと辛抱する。

湯太郎の体の周りには、白い澱《おり》がくるくると舞っている。湯の花である。湯の花は、温泉の成分のうち、水に溶けないものが析出《せきしゅつ》したり沈殿したものである。高温で湧き出した温泉水が、大気に触れて、冷却されることで現れるもので、湯が熱い証しでもある。鶴寿泉でこれほどの湯の花の乱舞を見たことはかつてなかった。

よく見れば、そのどれもが小さな花の形になっている。いよいよ、ここが当たり湯らしい。

三分間経つのを今か今かと待ったが、なかなか時間が進まない。湯太郎の体は、まるで爆発寸前の火口で、度胸試しをしているように、じりじりと熱せられた。それを鼓舞するように湯の花がくるくると舞った。いや、湯の花は湯太郎の体に沁み込んで消えていくようにも見えた。まるで源泉から湧く明礬の精が湯太郎のなかになだれ込んでいるようだ。その分、体はどんどんと熱くなった。

三分がこれほど熱く感じられたことはなかった。もうそろそろかと指を外に出し、まだだったかと再び湯に浸ける、というのを三度繰り返したのち、湯太郎の右手の中指には、♨マークが浮かび上がった。

その瞬間、湯太郎は小躍りせんばかりに、湯船から飛び出し、脱衣所に戻った。

「熱い、暑い、アツ過ぎる」

八つ目の♨マークが現れたことより、体が限界である。服を着て、外に飛び出すと、そよそよと吹いている風がおそろしく心地よい。日ごろの鍛錬など何のその、明礬温泉は湯太郎の体に火を点《つ》けた。マグマを体に溜め込んだように、湯太郎の体は火照《ほて》っている。

風は間もなく止んでしまい、湯太郎は熱さをどうしていいのかわからない。すると、どこかから十三先輩の声が聞こえた気がした。

「風がないなら作れ、熱いなら風を切って走れ。心頭を滅却して走れば、火もまた涼しじゃ」

「そんな無茶苦茶な……」

と、いつもの湯太郎ならツッコみを入れていただろうが、それどころではない。溺れる者は藁《わら》にもすがる。今際《いまわ》の念仏、誰でも唱える。困った時には先輩の言《げん》も信じる。

かくして、湯太郎は涼しそうな場所を目指して一目散に走り出した。

それが速いの何の、まるで蒸気機関車のごとく湯太郎の足が交互に動く。頭からは湯けむりのごとき白い蒸気がたっている。先ほど体に溜め込まれた硫黄の花が、湯太郎の体から散っていった。

湯太郎の体は、いつしか草木《そうもく》が生えそろった山腹に達していた。火まつりが行われる扇山だ。この山のどこかに特設露天が出現するという。湯太郎は扇山まで達したのが初めてなので、どうしていいのかわからない。とにかく体が熱いので、やみくもに走り続ける。

扇山は、山の表面が山焼きのため、扇を逆さまにした形に刈られているのだが、山を横切ろうとすると、扇子の面のような小さな起伏が続き、見張らしが利かない。湯太郎は物凄いスピードで坂を下っては登り、登っては駆け降りてを繰り返し、湯のある場所を探した。けれど、何も見つからない。

しばらくすると、丘からちらりと人影のようなものが見えた。仕方がないので、そちらを目指して走ることにした。人影は動く気配がなくじっとしている。

湯に浸かっているのかもしれないと思って、湯太郎は期待を膨らませて走っていった。しかし、明礬の効果もいよいよ尽きてきたと見え、人影が近づくにつれ、速度はみるみる落ち、あれほど素早く動いていた足が、もつれはじめた。息も絶え絶えで、何だか頭まで朦朧としてくる。湯太郎は、もはやこれまでかと思った。

ついには足が動かなくなって、ばたんと倒れて天を仰いだところ、仏様のような方の後ろ姿が見えた。湯太郎は、いよいよお迎えが来たのだと思った。

「はあはあ、先輩すみません、やっぱりダメでした」

湯太郎は思わず弱音を吐いた。力が抜けると、尿道も緩んだとみえて、足元がジワリと温かくなった。どうやら力が抜けすぎて、漏らしたらしい。

（こんな恥かしいところをルナさんに見られなくてよかった）

と悔し涙を流しながら、しばらくそこで倒れ込んでいた。が、一向に天に召される気配がないので、おかしいと思って、観音様の姿をもう一度見た。観音様は相変わらずこちらに背を向けて、別府の街を見おろしている。それは**観音様の石像**であった。何故扇山にあるのかはわからない。しかし、いつもそこから街を見下ろしている石像である。

「お迎えではなかったのですね」

喜んでいいのやら悲しんでいいのやらわからず、湯太郎は独りごちて、地面をまさぐった。すると、地面がひたひたと濡れていて、温かい。そんなに漏らしたのかと思って、慌てて確認すると、温泉である。体にやさしいぬるま湯が湧いている。暗いのでよくわからなかったが、そこに湯太郎は浸かっていたらしい。とっさに指を確認してみると、ある。

九つ目の♨マークが、親指に出ている。

(まだ天に見離されてはいなかったのか)

湯太郎は天に感謝を捧げた。

その瞬間、祝砲とばかりに空へ花火が打ち上げられた。はっと思って振り返ると、扇山の山頂にちろちろと火が見える。ついに火まつりが始まったのである。あの火が山の稜線に沿って、両側からのび、下までできたら今度は内側へと燃え移る。その炎が燃えつきたときが別府フロマラソンの終了時刻である。

あと一つ。あとたった一つで完湯である。望みが叶う。ここであきらめるわけにはいかない。無念にも散っていった先輩を思えば、尚《なお》のことである。

湯太郎はなけなしの気力をふりしぼって立ち上がり、濡れた法被《はっぴ》と下着を絞ると、最後の湯を探しに再び走り出した。旅館やホテルが立ち並ぶ鉄輪《かんなわ》温泉郷では、まるで居場所を告げるように、**スクランブル交差点**付近にある**湯けむり**が、ボッ、ボッと白い蒸気を途切れ途切れに発していた。

　さてさて、いよいよ火まつりも始まり、物語もクライマックス、フロマラソンのゴールももう目前だ。

　湯太郎が鉄輪温泉に達したとき、すでに扇山の火は内側へ燃え移ろうとしていた。ここからおよそ半刻ほどで、火は燃え尽きてしまう。

　湯太郎は山上から見えた、明滅するようにあがる湯けむりに辿り着いた。温泉まつりの期間中とあって、太鼓の音頭《おんど》が温泉街に轟《とどろ》いている。

　鉄輪温泉は、別府でももっともそれらしい温泉街である。街のいたるところから、湯けむりが天高く噴き上げており、その旅館街と湯けむりの風景は旅情をかきたて、**二十一世紀に残したい日本の風景百選**では、堂々の第二位に選ばれている。一位はもちろん、富士山だ。

　湯太郎は、八幡朝見神社で引いたおみくじの「湯けむりの導きのままに」という文言を信じて、**大谷公園**の入口までやってきた。扇山から見えた湯けむりは、ここに違いない。石で固めた煙突状の柱に、「大谷公園」と書かれた立派な表札が埋め込まれており、その頭から湯けむりが、ときどき途切れながら噴き上げている。

よくよく観察してみると、湯けむりは太鼓の音頭にあわせて噴出しているようだ。こんな奇妙なことが起こるのは、フロマラソンのせいに違いない。「湯けむりの導き」はここから始まると見て、間違いあるまい。

周囲に視線を巡らせると、明らかにそれと認められる湯けむりがある。公園のなかから湧き上がる巨大な湯けむりだ。大男が二人掛かりでつかみかかったところで、抱きかかえられそうにもない太い湯けむりの柱が立ちのぼっている。

湯けむりが噴き出している石釜は、鉄柵で覆われているが、祭りを見にきた子どもたちが、面白そうに群がっている。屋台も出ているためにけっこうな人通りがある。スロープに沿って公園に降りていくと、舞台では、湯の神に奉納する能が舞われているところだった。

湯けむりを見上げている子どもが、わたあめを食べているのを見て、湯太郎も思わずふわふわの綿菓子を食べたくなったが、残金が五百六十円なので、そんな余裕はない。祭りを楽しめないのは寂しい限りである。断腸の思いで、湯太郎は次なる湯けむりを探した。

するとスロープの先に、小さな湯けむりがふっと上がって消えるのが見えた。あれだろうかと思って、そちらへ行くと、また行く手でふっと湯けむりが上がって消える。そうやって湯けむりを追っていくと、いつしか公園を抜けて、細い路地に出た。さらに道なりに進むと、濛々《もうもう》と湯けむりが立ちのぼっている場所へ出た。

鉄輪では、お湯の鮮度と泉質を落とさないため、加水するのではなく、**湯雨竹**《ゆめたけ》と呼ばれる竹製温泉冷却装置を使って、源泉を冷ましている。湯を竹の細い枝に伝わせて水滴状にしたたらせ、温度を下げるのだ。その湯雨竹が、裏路地に面して置いてあり、まるで焚き木に火をつけたように、もうもうと湯けむりが立ちのぼっていた。どうやら、温泉蒸し料理が体験できる**地獄蒸し工房**の裏手に来たらしい。

そのまま湯けむりを辿っていくと、鉄輪温泉のメインストリートである「**いでゆ坂**」に出た。きれいに舗装された石畳の両脇から、湯けむりが噴き上げている。

鉄輪に限らず、別府ではよくある光景なのだが、旅館や家庭から排出される温泉が排水溝に流れ、年中、道路の脇の溝から湯けむりが立ちのぼっている。その側溝《そっこう》からの湯けむりが、いまは坂の上の方には見られず、坂を下る方にだけ、もくもくと連なっている。

湯太郎は、湯けむりの導きを信じ、いでゆ坂を駆け下りた。しばらく行くと、湯けむりが消えた。最後に見えた湯けむり地点まで来て、左右を見回すと、右の道が湯けむりでもくもくしている。それもそのはず、その細い路地は「**湯けむり通り**」である。

排水溝が通りの中央に配されており、普段から通行人や車に容赦なく湯けむりがかかる道だ。いまはその勢いが尋常でなく、真っ白な湯けむりがどばどば溢れている。しかも、頭上にある温泉管からも湯けむりが噴き出し、湯太郎は道を走っているのか、湯けむりのなかを走っているのかもはや訳がわからない。おそらくどちらも正解で、とにかく服は汗だか湯けむりだかわからないもので、もうびちゃびちゃである。

湯けむりは、三寸先で明滅するように一旦は静まるのだが、湯太郎がそこへ差しかかると、歓待するように真下から噴き上げてきて、湯太郎の体を湯けむりまみれにする。はたから見ると、湯けむりの導きというより、湯けむりの戯《たわむ》れだ。

しっちゃかめっちゃかにされながら湯けむり通りを突き進むと、ようやく湯けむりが途切れ、今度は左手に折れる道の先に湯けむりがあがっていた。道沿いに進んで橋を渡り、さらに左手の湯けむりが上がっている方へ折れると、……もう何が何だかわからない。道の左手が、すべて湯けむりである。湯けむりの柱どころか、湯けむりの壁ができていた。

それもそのはず。道の左側には川が流れているのだが、それが**湯の川**なのだ。旅館やホテルから垂れ流された温泉で川ができている。そのために、道の片側が川から上がる湯けむりで覆い尽くされていた。加えて、右手にも湯けむりを吐いている煙突がいくつもあり、もはや湯けむり地獄とでも名付けたい勢いだ。

湯太郎は、地獄蒸し料理で蒸される野菜や卵になったような気持ちで、そのなかを走っていった。もう口の中どころか、肺の中まで硫黄臭い。右も左も前も後ろもわからないが、坂を下っているのだけは何となくわかった。

湯けむり地獄を走り抜けると、今度は右手に湯けむりが現れた。道と平行に走っていた湯を通す配管も右に折れて、湯けむりをあげて湯太郎を待ち受けている。その道に入る曲がり角に「**ひょうたん温泉**」という看板が見えた。ひょうたん温泉の西口に行き着くようだと、湯太郎は気づいた。と同時に、これは困ったことになったと思った。

たしかひょうたん温泉の入浴料は、七百五十円である。どう転んでも、残金五百六十円では入ることができない。老舗旅館と違い、大きな施設なので、人情で押し通すことも敵わない。

（どうすべきか）

思い悩んでいる間もなく、ひょうたん温泉の入口に着いてしまった。裏口に当たる西口には、料金表も何もない。しかし、ここまで来てあきらめるのはもったいない。目の前に最後の当たり湯があるのである。

扇山を振り返ると、火はすでに山の中腹に達していた。思い悩んでいる時間も、金策に奔走《ほんそう》する時間も残されていなかった。

（ええい、ままよ）

湯太郎は思い切って、ひょうたん温泉の入口をくぐった。ひょうたん温泉では、発券機で入浴券を買い求めなければいけない。もしかすると釣銭のところに忘れ物があるかもしれないし、機械が誤動作を起こす可能性だってゼロではあるまい。そんなことを思いながら、湯太郎は草履《ぞうり》を靴箱に預け、ありったけの金を自動発券機に投入した。

硬貨は無機質な音を立てて発券機に吸い込まれていった。チャリンと音をたてて最後の十円玉が落ちた瞬間、湯太郎は心臓がきゅっと縮まった。大人入浴券のランプが点《つ》いたからである。

訳が分からなかったが、ランプが消えないうちに、と思い、湯太郎が慌ててボタンを押すと、ちゃんと大人用の入浴券がでてきた。その券を握りしめて、カウンターまで行く。万引きしているような背徳感に苛《さいな》まれて、心臓の鼓動が速まる。だが、特に何の注意も受けることなく、男湯の案内が始まる。ひょうたん温泉の勝手はわかっているので、咎《とが》められる前にと思って、湯太郎は反射的に案内を断った。

湯には中庭を経由していくため、一旦外に出ると、そこに猫が待っていた。猫は、

「ミャア」

と一鳴きした。

(万事休す――)

ひやりと冷たいものがすぅーと背筋を伝った。

しかし、猫は予想に反し、湯太郎の横を素通りして部屋のなかに入って行っただけだった。お咎めはないらしい。念のために、発券機の方を振り返ったら、謎が解けた。入浴料は七百五十円で間違いないのだが、十八時以降は五百六十円に割引されるのだった。

ひょうたん温泉は貸切り湯がたくさんあり、カップルが多いため、十三先輩を夜に誘うと渋い顔をする。自然、ひょうたん温泉に来るのはいつも昼だった。だから夜間割引があ

るのをすっかり忘れていたのだ。

謎が解けたことで、湯太郎はようやく生きた心地がして、足取り軽く男湯へと向かった。

ひょうたん温泉には、砂湯、瀧湯《たきゆ》、露天風呂、蒸し湯、歩行湯、岩風呂、檜風呂《ひのき》、足湯といった種々さまざまな温泉がある。お食事処や無料休憩所まで併設されていて、一日遊べる施設である。十九本の湯の瀧による瀧湯はなかなか見事で、先輩と鍛錬を積みによく訪れたものである。

どの温泉が当たり湯か一つ一つ試していては、瞬く間にタイムリミットを過ぎてしまうだろう。しかし、

(当たり湯となれば、あそこしかあるまい)

湯太郎には確信があった。湯太郎は脱衣所で服を脱ぐと、歩行湯や檜風呂には目もくれず、まっしぐらに男湯の中央へと歩いていった。そこには**ひょうたん風呂**があった。なにがひょうたんかというと、湯船の縁が見事なひょうたん型に象《かたど》ってある。そのうえ、湯が出る蛇口《じゃぐち》までひょうたん型と来ている。ひょうたん温泉の中でひょうたん蛇口から出るひょうたん風呂の湯に、湯太郎はゆっくりと足を浸した。

「お兄さん、裏フロマラソンに参加しちょんのやろ」

男湯を上がったところで、中庭で涼んでいたおばちゃんが話しかけてきた。

「隠さんでもいいっちゃ、そげぇしきりに指の皺《しわ》を気にしちょったら、どげな間抜けでも分かるっちゃあ。おばさんも昔はよう参加したんで。ちゅうても、三つが最高記録やったけんどな。お兄さんは何個回ったん」

あまりの剣幕に、湯太郎はたじろいでしまった。

「いえいえ、そんな大したものじゃ……」

おばちゃんは湯太郎の指の腹を見ようと目を光らせた。その眼光は指を切り落とさんばかりに鋭く、湯太郎はあわてて手を握って指を隠した。両手のなかには十個の♨マークが揃《そろ》っている。

「まあ、そげに隠さんでも良いっちゃ。けんど、見せとうねえもん見せるこつもなかろう。もうフロマラソンも終わりの時刻やけんな」

中庭から見上げると、扇山の火の輪がだいぶ小さくなっている。

「あんたも今日一日頑張ったんやろ、先輩からの餞別《せんべつ》と思うち、しょうもないもんやけど、これでもお飲み」

そう言って、サイダーの瓶《びん》を渡された。湯太郎は、「先輩からの餞別」という言葉にぐらっときた。早く話を切り上げたいという思いも重なって、湯太郎は手渡された瓶をぐっとあおいだ。ごくごくごくっと半ばまで飲んで、湯太郎は気が付いた。味が変である。

「これ、お酒じゃないですか！」

湯太郎は口に残っていたものまでうっかり飲んでしまってから叫んだ。

「いひひひっ」

先ほどのおばさんは嬉しそうに、口に手を当てて笑っていた。よくよく顔を見れば、誰かに顔が似ていた。そうだ、センリキにそっくりである。

「謀《はか》ったな！　さては元気屋の女将《おかみ》か！」

「その通り。息子の邪魔をする奴は懲《こ》らしめてやるのが、親の情け」

そう言いおいて、センリキの母親はどこかへ去っていった。

「ぬかったわ！」

湯太郎は知らず知らず、いつぞやの先輩と同じセリフを吐いていた。湯太郎は下戸である。酒を一口飲むだけで、真っ赤になってしまう。その上、一日別府中を駆けずり回り、ゆっくり温泉に浸かった後となれば、酔いの周りも尋常でない。すでに足元がふらふらして、千鳥足になっていた。

（しかし一刻も早くここを離れなければ）

元気屋は、ここ鉄輪の老舗《しにせ》旅館である。鉄輪温泉郷に長居していては、どこに間者《かんじゃ》が潜んでいてもおかしくない。せっかく完湯の資格を得たというのに、ゴールまで辿《たど》りつかなければ先輩に顔向けできない。

湯太郎はふらふらになりながら、どうにかひょうたん温泉の正面玄関から外へ出た。

すると、目の前には信じられない光景が広がっていた。ひょうたん温泉の表口は、駐車場になっているはずなのだが、湯太郎の前には今、一面の田園風景が広がっている。酔いで頭がおかしくなっているのかと思ったが、何度頭を振っても田んぼの風景は変わらない。その上、田園の真ん中にでっかい瓢箪《ひょうたん》があった。どれぐらいでかいかというと、湯太郎の住む四階建てのアパートよりも大きかった。あれが目指すべきゴールだろうかとも思ったが、もしや……と、思い当たる節があった。

ひょうたん温泉には戦前、高さ十八メートルもある七階建ての展望台があったと聞いたことがある。その名も**ひょうたん閣《かく》**。全国各地から曲がった木を集めてきて、ひょうたん型の建築にしたという。別府のランドマークとして大変人気を博したが、戦時中に空爆の目印になるというので、やむなく解体されてしまったそうだ。

湯太郎も写真で何度か見たことがあるが、まさに目の前にあるのがそれである。おそらくは別府フロマラソンの影響で、ひょうたん閣が甦ったのだろう。……しかし、ひょうたん閣に**別府タワー**、別府大仏と来て**グローバル・タワー**。別府人は大きくて目立つものが大好きらしい。

湯太郎は驚きのあまり、酔いが少し冷めた。けれど、まだ足にうまく力が入らない。もうここまでかと思って、その場に座り込むと、妙な足音が近づいてくる。馬が地面を蹴るような音である。別府に野生の馬などいるはずがないのだが、――と妙に冷静にツッコミを入れながら、湯太郎が顔を上げると、馬どころではない。頭部のない四本足の生き物がこちらを目がけて走ってくる。

奇妙な生き物はパッカパッカと駆けてくる。その後ろから、見慣れた二人組が追ってきた。

「おい、そいつを捕まえちくりぃ」

「明礬くんじゃないか。捕まえてくれたら、僕の授業の単位をやるぞ」

海野先生とカブトガニ先生である。すっかり忘れていたが、あの二人もフロマラソンに参加していたのだ。

湯太郎は言われるがまま得体のしれない生き物の前に立ちふさがった。というか、酔いでろくに避けることができなかった。あわや衝突というところで、生き物は急ブレーキをかけて立ちどまった。そして、湯太郎の前に頭のない首を垂《た》れた。

「おおっ、よく止めちくれた」

「助かったよ、明礬くん。しかしその、……少し言いにくいんだが、さっきの単位の話は、他の先生に怒られるから聞かなかったことにしてくれ。頼む」

二人の先生が息を切らせて追いついてきた。

「こいつは何です?」

「フロマラソンの時だけ姿を現すと聞いたので、ずっと探していたんだよ。鶴見園の地下通路に迷い込んでいるところを見つけてね、ここまで追いかけてきたんだ。七ツ石温泉の辺りで見失ってしまった時はどうなるかと思ったけど、無事に目的が果たせてよかった、よかった」

「で、こいつは何者なんです？」

湯太郎は頭というか首の付け根らしきところを撫でながら再び尋ねた。

「失敬、失敬。そいつはね……」

「そげんことより、倅《せがれ》はどこか。せっかくこいつを捕まえちきたっちゅうのに」

海野先生が話に割って入った。湯太郎の周りをきょろきょろ探している。

「倅って……ご子息もフロマラソンに参加していらっしゃったんですか」

湯太郎は話の真意がわからず尋ねた。この謎の生き物は、きっと海野先生が聞きつけてきた別府七不思議の一つか何かに違いない。海野先生のもとには、別府中の噂がわんさと集まってくる。その真偽を確かめるために、カブトガニ先生は協力し、今回はたまたま都市伝説が真実だったのだろう。

「何を言いよんのかぁ。倅はお主といつも一緒じゃろ」

「……」

まさか。湯太郎は、カブトガニ先生の方を見た。

「君も知っている通り、十三くんだよ。温泉研究会の先輩だろ」

「じゃあっちゃ。ほいで、十三はどこにおんのか」

開いた口がふさがらない。別府大仏の生まれ変わりと言われた十三先輩が海野先生の息子だったとは。先輩が海野先生から逃げ回っていたのは、そういったわけだったのか。

「あの、非常に申しあげにくいのですが、十三先輩は、血の池地獄でやむなくリタイアされました。火傷を負われたので、龍巻地獄の近くで手当てを受けていると思います」

「なにえ……儂《わし》らは何のために一肌脱いだんか。それでは十三の願いは叶わんちゅうんか」

海野先生はがっくりと肩を落とした。カブトガニ先生がそれを慰める。

「あの……、先輩の願いというのは」

「なに、聞いちょらんのか。十三の願いは、大学を卒業することじゃ。そんために、フロマラソンで優勝するち言うて、毎日頑張っちょったんじゃ。儂《わし》も倅の手助けをしちゃろうと思うち、別府中を走り回っち必死の思いでこいつを捕まえたっちゃ」

湯太郎は、開いた口がまたもふさがらなくなる。

この親子は努力の方向性を根本的に間違えている。湯の神に頼むより、真面目に授業に出さえすれば済む問題ではないのか。センリキの母親と言い、これが新時代の親子なのだろうか。

「仕方ねえ、こいつはお前が使うちくりぃ」

海野先生はそういうと、肩を落としたまますごすごとその場を去っていった。

「ああ、嫁に**ちちまわされる**……」

海野先生がそう小さく呟《つぶや》いたのが聞こえた。

「ということだ。遠慮なく乗りこなしてくれ」

カブトガニ先生が変てこな生き物の首に、持っていた手綱を掛けてくれた。

この人は損しない役回りだなあと湯太郎は心のなかでぼんやり思った。

「それでいったいこいつは何なのです？」

質問を最後まで言い終わる前に、湯太郎が背に跨《また》がった途端、頭のない、馬らしき生き物は前脚を高く上げ、走りはじめた。カブトガニ先生が後ろから叫ぶのが聞こえた。

「**野口天満神社**のライオンと一緒にいたんだけどね、ライオンは別の子が連れていってしまったから、代わりにこの子を追いかけたんだ。強く願えば――」

あとは聞こえなかった。得体のしれない生き物は颯爽《さっそう》と駆け始め、噴泉竜の時と同様に湯太郎は捕《つか》まっている他なかった。いやはや、フロマラソンはどうなるのかと不安が募《つの》った。せっかく十個の♨マークを集めたというのに、一向にゴールが現れる気配がない。扇山の火が燃え尽きる前に、何としてもゴールに辿り着きたい。

馬のようで馬ではない何かは、空中に駆けあがって、別府の空を闊歩《かっぽ》していった。湯太郎は振り落とされないように、妙に冷たい胴体に必死にしがみついた。オレンジ色の街灯に照らされた、鉄輪の湯けむりの夜景が足元を通り過ぎてゆく。空駆ける生き物は、そこからゆっくりとカーブを描きながらしばらく走り、小さな森を越えた所で、下降を始めた。

そして、いななくように身をふるわせ、湯太郎をふるい落とした。腰をしたたかに打ちつけた湯太郎が顔を上げると、何やら見慣れた場所であった。

人気《ひとけ》がないので戸惑ったが、別府大学のキャンパスである。湯太郎がいるのは、休み時間に学生たちが寛《くつろ》いでいる中庭の広場らしかった。湯太郎をここまで運んできた生き物は、広場の隅へ歩いていく。そして、その先にあるものを見て、湯太郎は声を上げた。

「ユニコーン――」

そこには、ユニコーンの首から上の銅像が飾られていた。像の台座には「別府大学」と書かれているだけで、他に来歴も何も書かれていない。

湯太郎は、授業で海野先生が、中庭にある**ユニコーンの銅像**は、どこかにあったものを首から上だけすぱっと切って、運んできたものだと言っていたのを思い出した。その時は、ユニコーンの台座に来歴が載っていないのを良いことに、海野先生がまた好き勝手に面白おかしく話をしているのだろうと思ったが、あの話は本当だったのだろうか。とすると、今乗ってきたものは、首を落とされたユニコーンの半身ということになる。海野先生の話では、首を落とされたユニコーンは、頭のある場所を探して別府中を徘徊しているということだったが、ようやく頭と体が再会できたわけだ。

しかし、そんなことを悠長に考えて感慨にふけっている場合ではない。フロマラソンのゴールを探さなければならない。辺りにそれらしいものはないかと考えを巡らせる。

別府大学でフロマラソンに縁がありそうなものといえば、やはり温泉である。大学のなかには、**三つの源泉**がある。温泉の湧く大学というだけで稀有《けう》なのに、三つも源泉があるなど馬鹿げている。しかし、実際にあるのだから仕方がない。

一つはプールの更衣室にあり、プールのあと使えるらしい。それから体育館にも一つある。それから、……

その瞬間、一陣の風が吹き抜けた。花の香りが、湯太郎の鼻先にまで漂ってきた。

(――おかしい)

湯太郎は違和感を覚えた。別府大学の裏には森があるが、土地の不足のために年々縮小して、いまでは香りを漂わせるほどの規模ではない。せいぜい林といった程度である。しかし、風はそちらの方向から吹いてきた。

(とすれば、香りの博物館からか)

大分香りの博物館は、香りにまつわる古今東西のエピソードや膨大な香水瓶コレクションが展示され、芳香《ほうこう》の科学的追究はもちろん、オリジナルの香水作りまで体験できる、まさに香りの神秘に迫った博物館である。その博物館は現在、大学の管理下にあり、別府大学の裏手に併設されている。先ほどの馥郁《ふくいく》たる花の香りは、そこから漂って来たらしい。

しかし、閉館の時間は過ぎているはずだ。それに、博物館の庭から花の匂いが漂ってくるなどということは、これまでなかった。明らかにおかしい。加えて、そちらの空がほのかに明るくなっている。

大分香りの博物館には、足湯がある。大学の三つ目の源泉である。そこがフロマラソンのゴールかもしれない――湯太郎は最後の力を振り絞って、人気《ひとけ》のない校舎の間を縫《ぬ》って、香りの博物館を目指した。

そして、湯太郎の読み通り、まさにそこは、温泉の猛者たちが探しつづけたフロマラソンの終着点だった。


大学の裏にある幼稚園の脇を通りぬけて、湯太郎は大分香りの博物館に行き着いた。

果たしてそこには、湯太郎が予想だにしない人物が座っていた。その人物は香りの博物館の庭園で、浴衣の裾をしぼって、足湯に足をつけていた。庭の花は咲き乱れ、眩暈《めまい》を覚えそうなほど強い匂いを発している。足湯の水面は、月の光を吸って金色に照り輝いている。

そこに、愛夢《あいむ》ルナがいた。

湯太郎は動揺して、思わず門の後ろに身を隠した。彼女の方では、湯太郎に気付かなかったらしい。

湯太郎は、そっと門から顔を出し、様子を窺《うかが》った。

(湯の神様が先回りして、彼女をここへ送り込んだのだろうか)

色白で、ふくよかな輪郭に巻きつく茶色い短髪が、今日も良く似合っている。彼女はぼんやりと、何かが満ちるのを待っているように空を見上げて座っていた。そして、傍《かたわ》らにいる何ものかに手を置き、時折り撫でている。

隣りに男でもいるのかと、湯太郎は一瞬どきりとしたが、違うらしい。彼女の横にはライオンが座っていた。

(ライオン？　さっきどこかで……)

困惑する湯太郎にも、徐々《じょじょ》に事態が呑み込めてくる。彼女はおもむろにライオンから手を離し、両手を空に掲《かか》げた。

月明かりと足湯からの照り返しで、彼女の白い指が、その指先まではっきりと見えた。すべての指先に、♨マークがくっきりとある。彼女が、湯太郎よりも一足早くフロマラソンを湯破したのだ。

(一等を奪われた！)

湯太郎は呆然としてその光景を眺めていた。

すぐにでも彼女の横へ行き、願いごとの権利を奪った方がいいのかもしれない。しかし、突然のことで、どうしていいのか判断がつかない――。

そうしている間にも、愛夢ルナは口を開き、願いごとを唱えた。彼女が何を願うのか、湯太郎は口から心臓が飛び出そうになりながらも、じっと耳を澄ませた。彼女は静かに、次のように言った。

「湯の神さま、どうか私を温泉研究会に入れてください」

湯太郎は耳を疑った。

彼女のことを思い過ぎて、自分の頭がおかしくなったのかとさえ思った。温泉研究会とは、温泉研究会のことだろうか。どういうことか。入ろうと思えば、いつだって歓迎されただろう。

（まさか、女人禁制《にょにんきんせい》――）

混浴温泉サークルが流したデマを真に受けたのか。

ならば、彼女の願いは難なく聞き届けられるだろう。いや、聞き届けられなくとも自分が何としても入会させてみせる。万難《ばんなん》を排《はい》し、ぜひ入ってもらいたいと湯太郎は心の中で強く思った。

温泉をこよなく愛し、フロマラソンを涼しい顔で完湯してしまう彼女なら、先輩も快く迎え入れてくれるだろう。明日から部員は三人になり、先輩と愛夢ルナとのサークル生活が始まるわけである。

湯太郎は、夢のようなサークルライフを思い浮かべると楽しみで仕方がなかった。まるで自分の夢を聞き遂げてもらったような嬉しさが込み上げてきて、思わず口元が緩む。

（先輩の願いもこれで叶います。ぼくが、必ずや先輩を来年卒業させてみせます。そうして次の春からは、彼女と二人っきりのサークル生活を過ごしてみせますよ）

フロマラソンに臨《のぞ》む前に抱いた闘志以上の決意が、湯太郎のなかにふつふつと湧きあがっていた。

湯太郎の存在に気付いたライオンが、退屈そうに欠伸《あくび》をし、どこからか飛んできたメジロのつがいが、祝福するように満開の花園を飛び回った。

＊＊＊

「湯の神さま、どうか私を温泉研究会に入れてください」

愛夢ルナはそう天に願いを告げた。

願いは、時を措《お》かず叶えられるであろう。

ルナは首に下げていたロケットをてのひらの上で開いて、じっと眺めいった。中には小さく切りとられた写真が納められている。そこには、毛むくじゃらの熊みたいな男が、鶴見おろしに片手でぶら下がって、湯けむりの上を飛んでいる姿が写っていた。言うまでもなく海野十三その人であった。

足湯に浸かりながら、ルナは先輩との夢のキャンパスライフに思いを馳せた。白い頬には、足湯で温められたからか、ほんのりと紅が差している。

いつしか囀《さえず》り合うメジロが花園を飛び去り、別府に春を告げて回る。湧きつづける温泉のように、湯を巡る物語はまだまだ終わりそうにない。

新しい四季とともに、温泉研究会の新たな一年が始まろうとしていた。

「別府フロマラソン」注釈一覧（本文太字部分・掲載順）

――協力・ＮＰＯ法人別府八湯温泉道名人会、別府大学学生有志

山は富士、海は瀬戸内、湯は別府
別府観光の父といわれた、亀の井旅館（ホテル）の創業者、油屋熊八が別府の温泉をPRするために考えたと言われている。富士山の頂上付近に石碑を立てたり、大阪市内を飛行機でビラをまいたりと、別府温泉の宣伝に大きく貢献した。学生いわく「語呂がよいので、もう覚えたはず」

別府大学
1908（明治41）年に創立された女学校を母体とする、別府市に実在する大学。その名称から、国公立と間違えられることが多いが、私立大学である。「真理はわれらを自由にする」を建学の精神とし、1950（昭和25）年に別府女子大学として認可された当初は、文学部のみの単科大学という、地方私大としては極めて稀なスタートを切る。1954（昭和29）年に現在の名称に変更。法人としては、保育園から大学院までを運営している。学生いわく「だんだん改築が進んできているが、大学の敷地面積は変わらないため、上に伸びていっている気がする」

蒸し湯
蒸気を利用した温泉で、別府市内で有名なのは鉄輪温泉郷にある、鉄輪むし湯。乾燥した薬用効果もある石菖の葉を敷いた室内に寝て熱い蒸気の温泉を楽しむ。昔の温泉は、この蒸気を利用したものが多かった。学生いわく「外の足蒸しはなんと無料！至れり尽くせり」

別府大仏
1928（昭和3）年、「中外産業博覧会」開催直前に完成した、鉄筋コンクリート製の阿弥陀如来の大仏。高さ24mで建造当時、日本一の高さを誇った。1989（平成元）年に解体。大仏の内部に入ることができ、近所の子どもの遊び場だった。学生いわく「一度でいいから、実物が見たかった」

鶴見岳
別府温泉の源であり、別府のシンボル。標高1375mで山頂からは別府湾が一望でき、天気がよいと四国まで見ることができる。中腹から山頂までロープウェイが通っており、別府市の観光名所の一つ。学生いわく「麓に別府の町が広がる、母なる山」

鶴見おろし
冬に鶴見岳から吹き下す強い風。市内の多くの中・高校では冬期にマラソン大会が行われており、鶴見おろしが容赦なく吹き荒れる中走らされるのは、青春時代の苦痛な思い出として刻まれる。学生いわく「本当に風かと疑うほどの轟音がする」

温泉学概論
別府大学の教養科目として開講している授業。学内外の多分野にわたる教員が、文化、歴史、地理など多方面から温泉にアプローチし、「温泉大国」である日本を再認識することを目的としている。学生いわく「教授の個性バリバリ」

別府八湯温泉本
別府のガイド本としては年間4万部を発行するベストセラー。『別府八湯温泉道』対象施設が載っており、温泉道名人を目指す者にとってはバイブルと言える。毎年9月末に発売される。学生いわく「ワンコイン、コンビニでゲットできる（もちろん、本屋でも売ってます）」

三大特殊風呂
蒸し湯のほかに、砂湯、泥湯がある。砂湯は、別府海浜砂湯は別府国際観光港の隣で、現在では少なくなった砂の浜辺が残っている上人ヶ浜（しょうにんがはま）の一角にある。古い文献には、1276（建治2）年に「一遍上人（いっぺんしょうにん）が九州にくるや、初めてこの地に上陸したとの伝説があり、これ、上人ヶ浜の名ある所以（ゆえん）なり」と、その地名の由来が記されている。別府市がここで海浜砂湯の営業をはじめたのは、1986（昭和61）年からで、一度に10名以上が入浴できグループのみんながいっしょに楽しむことができる。2002（平成14）年には、雨天時でも入浴できるよう可動式屋根を設置。休憩所も増設した。学生いわく「テレビ等でよく紹介され、人気があるのだろうが、個人的には砂まみれになりたくない」

泥湯は、全国的に珍しい入浴形態で、全国でも現在まで残っているのは10カ所ほど。別府温泉には3カ所もあり素晴らしい温泉郷である。泥田のような最強の別府保養ランドと、野湯である鍋山の湯、白い泥湯で珍しい神丘温泉がある。学生いわく「温泉でどろんこになるという不思議な空間」

野口雨情《のぐちうじょう》

1882（明治15）年生まれ。詩人で童謡・民謡作詞家。「しゃぼん玉」「七つの子」「赤い靴」など多くの名作を残している。鉄輪には「鉄輪むし湯のかへり　肌に石菖の香が残る」の詩碑があり、他にも「別府温泉小唄」などがある。学生いわく「男性？女性？」

表泉家

別府市内（一部外）の対象の温泉を88カ所めぐるスタンプラリー。スパポート（赤）に入浴した施設のスタンプを押す。スタンプの数で段位などがあり、88湯を巡り申請すると、別府八湯温泉道名人となる。学生いわく「さも温泉を茶のように扱う」

べっぷフロマラソン

別府おんせん祭りに合わせて2016（平成28）年に始まった。2017（平成29）年は、宿泊施設の風呂や地域住民が管理する共同湯など市内75の入浴施設をめぐる温泉スタンプラリーで、期間中に42カ所を3日間以内で入浴すると完湯となる。学生いわく「体に悪そう」

温泉まつり

正式名称、別府八湯温泉まつり。別府市で毎年4月に開催される、別府八湯の豊かな温泉の恵みに感謝する祭り。共同温泉の無料開放、扇山火まつりなど、市内全域にまつりムードが漂う。「べっぷフロマラソン」も目玉イベントの一つ。学生いわく「この時期の人の多さはすごい」

別府八湯

別府8カ所ある温泉郷の総称。浜脇温泉、別府温泉、亀川温泉、鉄輪温泉、観海寺温泉、堀田温泉、柴石温泉、明礬温泉。温泉法により10種類定義されている泉質のうち、7種類を別府八湯で楽しむことができ、世界的にも珍しい。湯量は日本一である。学生いわく「一つひとつが離れているため、車で巡るのが望ましい」

別府温泉（郷）

別府駅周辺から北浜温泉街にかけての一帯にある温泉郷。シンボル竹瓦温泉や駅前高等温泉があり、毎年4月に行われる温泉まつりは別府市民の総参加の祭りで、この界隈を中心に行われる。学生いわく「温泉が多すぎて、把握できない」

鉄輪温泉（郷）
今でも湯治場の情緒を残し、八湯の中で最も温泉場らしく感じられる温泉郷。湯けむりが立ちのぼり、まさに別府を象徴する景観である。鎌倉時代「玖倍理湯の井」といわれた荒地獄を一遍上人が鎮め、開いたといわれている。蒸気を利用した料理が美味しい。学生いわく「ずーっと坂道」

堀田温泉（郷）
古くから湯布院・日田へ通じる交通の要衝で江戸時代以降温泉場として栄えた歴史を持つ。その名を冠する市営温泉「堀田温泉」があり、男女日替りの山の湯、里の湯には、それぞれ内湯と露天風呂がある。学生いわく「旧旅館街の石畳も見どころ」

火まつり
泉都に春の訪れを告げる「別府八湯温泉まつり」のメインイベント。正式には「扇山火まつり」。八幡朝見神社で採火した御神火を、闇に包まれた山肌に放ち野焼きする。稜線から炎が燃え広がると空まで赤く染められる。学生いわく「夜空まで明るい」

裏泉家
別府八湯温泉道の表泉家で温泉道名人になったものだけが参加する資格が得られる。一般開放されていない施設の温泉や個人宅の温泉など、レアな温泉に入ることができるツアー。年に数回行われる。このツアーに参加するためには抽選で当選しなければならない。名人になった回数だけの口数を応募できる

やわらかき湯気に身をおくわれもよし今宵おぼろの月影もなし
九条武子が、柳原白蓮に会うため別府に訪れたときに詠まれた歌。別府には、白蓮が結婚した筑豊の炭鉱王である伊藤傳右衛門が、彼女のために建てたと言われる「赤銅御殿」があった。白蓮を慕って、多くの文化人が訪れている。九条武子と柳原白蓮は、ともに大正三大美人でもある。学生いわく「まさに美人の湯」

武者小路実篤
日本の小説家、詩人、劇作家。志賀直哉や有島武郎らとともに、白樺派として文芸活動を行った。理想的な調和社会の実現を目指し、「新しき村」を開設する。別府にも度々保養に訪れ、実篤が常宿としていた宿の源泉に「実篤の湯」という名前がついていた。学生いわく「お目出度き人！」

べんり屋
別府大学下にあるリサイクルショップ。「温かい笑顔とサービス」をモットーにしている。学生いわく「先生が電気ケトルを買っていた」

日の出温泉
朝見川の河口、10号線沿いにあり、別府の共同浴場の中で特に熱い。あつ湯は44～48℃もあることもあり、ぬる湯でも43℃ほどある。シンフロ動画の撮影温泉の一つ。学生いわく「昔ながらの共同浴場」

別府観光港
大阪（南港）と別府を結ぶ「フェリーさんふらわあ」のフェリーターミナル。別府はかつて九州の玄関口として、関西との航路が発達していた。近年は海外からの豪華客船も寄港している。学生いわく「人混みが少なく、使いやすい」

さんふらわあ

関西（大阪、神戸）と九州（別府、大分、志布志（鹿児島））を結ぶ航路を運航している。船体の太陽がトレードマーク。朝、別府に入港するため、元旦に初日の出として拝まれることも。学生いわく「関西に気軽に行ける」

べっぴょん

別府市宣伝部長をつとめるゆるキャラ。好物は蒸したにんじん。キュートな前髪と長い耳は、温泉マークのような湯けむり型。しっぽは別府の湯の花でできている。温泉が大好きで、別府で温泉めぐりを満喫している。市内小学校の運動会の応援にきてくれるぴょん！　学生いわく「温泉マークがユニーク」

めじろん

２００８（平成20）年に開催された「チャレンジ！おおいた国体」を機に誕生した大分県応援団〝鳥〟。大分の県鳥「めじろ」をモデルにしたキャラクター。白いハチマキがトレードマーク。つぶらな瞳の奥に熱い闘志を秘めている⁉　学生いわく「じわじわと人気をあげている」

温泉道名人

別府八湯を八十八湯巡ると授けられる称号。本文では温泉名人。初代名人は、温泉道が始まった当時、別府大学の助教授だった浦達雄名人。今でも九州産業大学で教鞭をとっており、温泉道も続けている。別府八湯温泉道名人会顧問として温泉道の普及にご尽力いただいている。学生いわく「（温泉道名人には）よく遭遇する」

永世名人

別府市内の温泉を88ヵ所巡ってスタンプを集めると『名人』に認定される『別府八湯温泉道』で11巡を達成したものに与えられる称号。別府市在住、土谷雄一名人が初代。学生いわく「温泉に住んでいる妖精さん？」

名誉名人

別府市内の温泉を88ヵ所巡ってスタンプを集めると『名人』に認定される『別府八湯温泉道』で22巡を達成したものに与えられる称号。土谷雄一名人が初代名誉名人。学生いわく「さっきと同じ人！温泉が人生」

永世名誉名人

別府市内の温泉を88ヵ所巡ってスタンプを集めると『名人』に認定される『別府八湯温泉道』で33巡を達成したものに与えられる称号。広島県在住・沖井繁名人が初代永世名誉名人。学生いわく「前世は熱帯魚にちがいない」

王位名人

別府市内の温泉を88ヵ所巡ってスタンプを集めると『名人』に認定される『別府八湯温泉道』で44巡を達成したものに与えられる称号。別府市在住・加藤厚子名人が初代王位名人。学生いわく「もはや何が何だか」

永世王位名人

別府市内の温泉を88ヵ所巡ってスタンプを集めると『名人』に認定される『別府八湯温泉道』で55巡を達成したものに与えられる称号。京都在住の指原勇名人が初代永世王位名人。学生いわく「きっと、湯に溶け出してる」

泉王名人

別府市内の温泉を88ヵ所巡ってスタンプを集めると『名人』に認定される『別府八湯温泉道』で66巡を達成したものに与えられる称号。指原勇名人が初代泉王名人。学生いわく「お金、どうしているんですか」

永世泉王名人

別府市内の温泉を88ヵ所巡ってスタンプを集めると『名人』に認定される『別府八湯温泉道』で77巡を達成したものに与えられる称号。指原勇名人が初代永世泉王名人。学生いわく「もはや早口言葉」

泉聖

別府市内の温泉を88ヵ所巡ってスタンプを集めると『名人』に認定される『別府八湯温泉道』で88巡を達成したものに与えられる称号。指原勇名人が初代泉聖（初代永世王位名人、初代泉王名人、初代永世泉王名人でもある）。名人の称号は「泉聖」が最後と制定される。学生いわく「生まれ変わったら、温泉になりそう」

ポール・クローデル

フランスの劇作家、詩人、外交官。別府には、１９２４（大正13）年と１９２６（大正15）年の2回にわたって訪れ、二度目の来訪の際に、次の歌（訳者不詳）を残している。

別府にわれ再び訪れん
温かきいでゆと
温かいもてなしに
わがいのちよみがえる
温かきいでゆ
なごやけき人の心
われ再び別府を訪れん

学生いわく「別府は温かい」

車いす温泉道名人

障がいがあっても別府の温泉に入りたいという思いが、車いす温泉道が始まるきっかけに。今でもその思いは引き継がれ湯にばーさる温泉道として20名以上の障がい者が名人を目指している。学生いわく「国際車いすマラソンも大分で開催しているよ」

こども温泉道

こども達にもっと温泉道を楽しんでもらいたいという思いで、２０１４（平成26）年に別府八湯温泉道名人会が別府市との協働事業で始めた。後に親子で楽しむおやこ温泉道に変わった。学生いわく「別府の英才教育」

温泉ちゃんぴょん

こども温泉道で、色のついた温泉、一番近い共同浴場、ホテル旅館の温泉の3つの条件をクリアし、24湯を完湯すれば「ちゃんぴょん」に認定される。学生いわく「温泉ちゃんぽんじゃないよ。べっぴょんのお友達だよ（たぶん）」

カブトガニ

鋏角類 剣尾綱 カブトガニ科に属する節足動物。古生代から姿が変わっておらず、「生きている化石」と呼ばれている。大分県内では杵築市の干潟に生息している。学生いわく「別府の水族館『うみたまご』でも会えます」

丘の上に立つ一大ホテル

作中では松乃井ホテルとあるが、丘の上の一大ホテルといえば別府杉乃井ホテル。観海寺温泉郷にある全国トップクラスの客室をもち、２０１６（平成28）年客室稼働率99%を誇る。標高１５０ｍほどの高台にあり、客室や棚湯からの眺めは最高である。アクアビートなどのレジャー施設も多数あり家族連れや旅行者でにぎわっている。学生いわく「メシが本当にうまい」

亀川温泉
別府八湯のひとつ、江戸時代の豊国紀行に「里屋に温泉有り、塩湯なり里屋村を又亀川村という」と記されていて、海岸に豊富な温泉が湧出し天然砂湯は亀川温泉の名物であった。現在も市営の別府海浜砂湯や、趣ある温泉施設が多数残っている。学生いわく「別府大学駅のおとなりの駅。寝過ごすと辿りつく」

国道十号線
福岡県北九州市小倉から鹿児島県鹿児島市を目指す一般道。大分市と別府市の約7キロの区間は「別大国道」と呼ばれている。交通量が多く、渋滞のメッカ。かつては国道に沿って「別大電車」が走っていた。学生いわく「別大国道と呼ばれる区間は、昼も夜も景色が綺麗なため、ドライブにおすすめ」

餅ヶ浜温泉
別府市若草町にある共同浴場。泉質はカルシウム・マグネシウム-炭酸水素塩泉。別府八湯温泉道の表泉家加入に合わせ、外来入浴者の料金が１５０円↓１００円に料金が引き下げられた。学生いわく「マイ桶持参を推奨」

若草温泉
別府市若草町にある、別府湾近くの市営温泉。一階が共同浴場、二階が地区の公民館となっている。無人施設なので、受付箱に利用料金を投入する仕組み。別府八湯温泉道のスタンプ対象施設になっている。学生いわく「前の道路の交通量が多く、湯治のため逆戻りにならないよう、注意が必要」

京町温泉
別府市京町にある。別府市街地から少し離れたところにある独自源泉の共同浴場。少し奥まったところにある裏路地温泉。微弱なつるつる感を楽しめる地元民に愛されてる温泉。１００円の料金で一般利用も可能。学生いわく「向かいが酒屋で、温泉巡りスタンプも酒瓶と杯のイラスト入り。雰囲気に呑まれても、酒を呑むのは二十歳から」

北浜温泉
別府市営の北浜温泉（テルマス）。別府湾に面した的ケ浜公園の北側にあり、水着で入れる屋外混浴プールがある。男女別の温泉は、内湯、スチーム、露天など複数ありゆっくりとくつろげる。大人５１０円、子ども２５０円、貸水着もある。学生いわく、「広い露天風呂を楽しみたいなら、水着は必須」

トキハデパート
１９３６（昭和11）年に大分市に開業した百貨店。キャッチフレーズは「ふるさとのデパート　世界の商品」。本店、別府店、わさだ店を持つ。ひまわりの紙袋は、大分県民に深く愛されており、県外で目にした際には郷愁を誘われる。学生いわく「毎年、北海道物産展が楽しみ」

竹瓦温泉
１８７９（明治12）年創設。現在の建物は１９３８（昭和13）年に建てられたもの。創設当時の建物の屋根は竹を組んだものを利用していたことから名付けられた。源泉が４つあり、それぞれ泉質が違う。別府温泉の特徴、床下の小判型の浴槽で砂風呂も完備している。学生いわく「目の前にある『竹瓦小路、日本最古の木造アーケード』もセットで見どころ（日本最古のアーケード）」

駅前高等温泉
２００円で入れる共同浴場。別府駅前を下ったところにあり、あつ湯と、ぬる湯は別々の源泉。1923（大正13）年に建てられた北欧でよくみられるハーフチェンバー方式をとりいれたハイカラな建物を移築したもの。二階は宿泊施設になっていて大部屋と個室がある。学生いわく「いつ前を通っても建物からガタガタと音がしている」

あつ湯
駅前高等温泉にある44〜45℃の温泉。ぬる湯より炭酸水素系の数値が高い。湯船は一つで熱くても水を加えることは出来ないルールとなっている。学生いわく「相当熱い」

ぬる湯
駅前高等温泉にある44〜45℃の単純泉温泉ではあるが、湯船は二つあり、水を加え温度を調節してもよい湯。先客の水の加え方で40℃〜42℃の時が多い。ぬるすぎると温泉を足して温めるのもよい。学生いわく「やっぱり熱い」

別府ブルーバード劇場
1949（昭和24）年創業の別府駅前にある老舗映画館。ちょっとレトロだが、館長で映写技師でもある岡本照さん（御年オーバー80）厳選の作品が上映されており、映画愛にあふれた映画館。学生いわく「いい映画がかかってます」

ヒットパレードクラブ
専属バンド「ヒットパレーダーズ」がオールディーズナンバーを繰り広げるライブハウス。オールディーズファンにとっては聖地。2017（平成29）年4月に火災にみまわれるが、市民やファンの熱い支援により移転再開している。学生いわく「別府の穴場といえば、まさにここ」

不老泉
別府八湯の一つ別府温泉郷にある市営温泉、駅の近くにあり100円で入れることから地元の利用者のみならず、観光客の利用も多い。昭和天皇が皇太子の時に入浴されたと言われている。現在は建て替えられてバリアフリーになっているが、建て替え前の半地下の温泉が別府らしく味があってよかった。学生いわく「蛇口があるのに使ってはいけない」

海門寺温泉
別府八湯の一つ別府温泉郷にある市営温泉、こちらも駅に近く100円で入れることから観光客の利用も多い。近くに海門禅寺・海門寺公園があり、公園ではよくイベントが開催されている。学生いわく「名前がカッコいい。その上、バリアフリー」

めじろ笛
別府市小倉の「豊泉堂」の宮脇弘至さんが手作りしている土鈴人形。大分の県鳥「めじろ」の型をしており、羽には県花である豊後梅が描かれている。別府市内では、柳屋、SELECT BEPPU、龍巻地獄で購入できる。学生いわく「かわいい。しかもレア度も高め」

梅園温泉
梅園温泉は1916（大正5）年、地元有志によって創設され、別府の共同温泉文化を語る上で欠かせない存在として親しまれてきた。周辺の飲食店などと肩を寄せ合うようにしてたたずみ、観光客にも利用されてきた。修繕を繰り返しながら維持してきたものの、地震によって隣接する家屋に倒れかかり、二次被害の危険性から2016（平成28）年7月にやむなく閉鎖、解体された。学生いわく「この本の売り上げが寄付されます」

九日天温泉

語らい楽しき共同湯。由来、温泉施設から別府湾まで伸びる道の先にある別府湾の向こうから昇る旭（あさひ）が拝めたことから名付けられた。上田の湯ともいわれている。独自源泉で、時折透明なエメラルドがかった美しい湯がはっていることがある。学生いわく「こぢんまりしているが居心地がよい。縁側で涼めるようになっているのもよい」

錦栄温泉

地元に愛される共同湯。別府市光町の秋葉通り沿いにある。一般入浴は100円。別府八湯温泉道スタンプ対象温泉。入浴時間6時30分〜10時／15時〜22時30分。定休日は第一・第二・第三木曜日。学生いわく「私の病院の近く（通っている病院の意味）」

ビジネスホテルはやし

別府駅前左側にあるビジネスホテル。2千円台から泊まれるプランがある。最上階の大浴場からは、別府市街地や別府湾を一望できるのが魅力。学生いわく「ネットで話題」

油屋熊八の銅像

2007（平成19）年11月1日、大分みらい信用金庫（本社・別府市）の依頼で、彫刻家・辻畑隆子さんによって別府駅前に建てられた。マント姿で両手を挙げる油屋熊八像は、天から舞い降りた熊八が着地するところを表している。男女の鬼の子を地獄から一緒に連れてきている。学生いわく「季節や流行に乗って装いを変えるお茶目な像」

冨士屋

1899年（明治32）年から1996（平成8）年まで旅館業を営み、現在はカフェ＆ギャラリー「冨士屋 Gallery 一也花」として営業している。「はなやももセレクトショップ」も併設。別府に唯一残る明治の旅館建築であるとともに、定期的にクラシックコンサートやアートイベントが行われており、鉄輪の文化発信の中核でもある。大分在住のアーティスト伊藤昭博氏による、金魚と竹アートのインスタレーション「cast-off skin 冨士屋金魚編」が展示上映され、湯けむりたなびく夜の鉄輪で、冨士屋二階部分のガラス格子の窓に、金魚の泳ぐ映像が映し出されたこともある。学生いわく「カフェの居心地がよく、ずっと居たくなる」

広島風お好み焼き屋甘藍

広島県出身の店長による、本格広島お好み焼が味わえる。鉄板を囲むカウンター席だけの小さな店内には、連日温泉道名人や外国人観光客などが集まっている。学生いわく「美味しそう」

美乃里

2014（平成26）年10月をもって、別府駅前にあった名店「うれしや食堂」が閉店。〝うれしやロス〟でざわめく別府に、救世主のように現れたのが「居酒屋美乃里」。うれしやの味を引き継ぐオーナーによって、名店の味が蘇った。もやしいため、たまごやき他、すべてが絶品。学生いわく「ポテサラおいしい」

八坂通り

八坂レンガ通り（歩行者専用）やよい天狗通り商店街とソルパセオ銀座商店街と並行してある商店街。スナックや居酒屋が中心であるため昼間は人通りが少ないが、空き店舗は少なく老舗に加えて新しい飲食店も数多く見られる。学生いわく「酒の呑める人間が歩いている」

裏路地温泉
別府市内に点在する路地裏にある温泉共同浴場。組合員や地域の人が利用しており、一般に開放している所もある。別府市は第二次世界大戦で空襲の被害がなかったことから、密集した集合住宅が多くのこっている。学生いわく「見つからない」

番台がいない
別府市内には一般人が１００円で利用することができる共同浴場が約１００カ所もある。入浴時にお金を払うのだが、有人の施設もあるが利用者が少ないところは、料金箱だけが置かれているだけの番台がいない共同浴場が多数存在する。学生いわく「(別府では)ふつうのこと」

♨マーク
明治時代から公衆浴場や風呂付の旅館の施設を示す記号として使用されているマーク。地形図の地図記号として最初に使われたのは、１８８４(明治17)年。別府観光の父「油屋熊八」が、全国に広めたといわれている。学生いわく「見ない日がない」

浜脇温泉(郷)
鉄輪と並び別府温泉発祥の地と呼ばれる浜脇温泉郷。浜から温泉が湧き出る様子から「浜わき」の地名が生まれたと伝えられている。昭和初期には浜脇東・西温泉が合併し「浜脇温泉」(うち浴場東側は浜脇高等温泉)が鉄筋コンクリート造で建設され、多くの利用者でにぎわった。学生いわく「遊郭跡の建築を見るのも楽しい」

遊郭
浜脇はかつて温泉町・港町・門前町として発展し、別府最大の歓楽街を築いていた。花街浜脇には数十軒の遊郭(貸席)が建ち並び、大いに賑わった。その名残として、多くの妓楼跡が今もなお残っている。学生からは「ノーコメント」

茶房たかさき
朝見地区の閑静な住宅街にあり、飲食をした方は無料で岩風呂に入ることができる。経営者の高崎さんは、ＮＰＯ法人別府八湯温泉道名人会の初代会長を務めていたことから「別府温泉の聖地」として全国の温泉ファンが沢山訪れる交流の場になっている。学生いわく「マスターも温泉名人で、温泉話に華が咲く」

桜町の飲み湯
旧市役所の南部地区公民館の対面にある。今でも温泉が出ていて近所の方が汲んで帰るのを見ることができる。今でも飲泉許可が出ているかどうかは定かではない。あくまで自己責任で……学生いわく「飲みすぎ注意」

別府八湯温泉道名人会
正式名称はＮＰＯ法人別府八湯温泉道名人会。別府八湯温泉道で名人に認定された強者のみが入会できる団体。２００８(平成20)年に設立され２０１４年にＮＰＯ法人化した。２０１７年現在２００名以上の会員が在籍し、24都道府県に支部長を置く。学生いわく「仙術使えそう」

朝見川
鶴見岳の中腹を源流とし、別府市の南側を東西に流れる、別府湾に注ぐ二級河川。古くは河川氾濫を度々起こしていた。川沿いには、別府市の特産である竹細工の工房や製竹所、問屋などが軒を並べている。学生いわく「春の時期は浦田の掛け橋から桜が散り、風情がある」

山田温泉

朝見1丁目にある。静かな住宅街の温泉銭湯の風情ある共同浴場。無人の番台にお金の投入口がある。別府市内の共同浴場では珍しい四角形の浴槽。別府市有雲泉寺貯湯からの引き湯で一般利用者も１００円で入浴が可能。アニメキャラの温泉道スタンプ。学生いわく「スタンプはド○ベンの某キャラ」

浜脇モール

別府市浜脇にあるモール。浜脇高等温泉の跡地を再開発してできたモール。モール中央の広場には、薬師如来が祭られており、毎年8月にべっぷ浜脇薬師祭りがおこなわれている。湯都ピア浜脇や浜脇温泉など複数テナントが営業している。学生いわく「夏は祭りも開かれ、出し物や屋台が並ぶ。お化け屋敷がオススメ」

貯湯タンク

温泉を一時的に保管するタンクのこと。別府市有雲泉寺貯湯タンクなどがある。引き湯として利用している別府市内の共同温泉や家庭へ供給している。学生いわく「石を投げれば貯湯タンクに当たる」

湯遍路

四国の「お遍路さん」よろしく、別府の街には一週間程度で温泉八十八ヵ所を巡り、スパポート（赤）のスタンプを貯める「湯遍路さん」と一部の人のあいだで呼ばれる巡湯者たちがいる。街頭で彼らを見かけると、湯遍路の歌を歌い、応援する文化がある。中には二十四時間で八十八湯を制覇したつわものもいるとか。学生いわく「県外者にとって、別府の滞在時間は貴重なもの」

浜脇温泉

別府八湯の一つ浜脇温泉郷にある市営温泉。１００円で入浴でき、深夜1時まで営業していることから、多くの利用者でにぎわっている。１９９１（平成3）年に再開発事業の一環として、多目的温泉保養館の「湯都ピア浜脇」と普通浴のみの「浜脇温泉」が建設され、温泉の前には以前の温泉の記念にアーチ型のモニュメントが残されている。学生いわく「でかい」

湯都ピア浜脇

別府八湯の一つ浜脇温泉郷にある市営温泉、１９９１（平成3）年に再開発事業の一環としてオープン、かぶり湯・気泡浴・寝湯・全身浴（男湯・女湯）圧注浴・うたせ湯・運動浴がある。ヨーロッパのクアハウスをモデルにしている。豊富な温泉を活用しての健康管理を目的とした多目的温泉保養館として、温泉医学や運動生理学等に基づき、利用者の体力と健康状態に応じた入浴と運動を実践する健康増進施設。また、入浴前に体力づくりができるよう充実したトレーニングルームも利用できる。利用料大人５１０円、小人２５０円。学生いわく「一日遊べる」

ラーメン屋

大分県別府市浜脇の浜脇モールにある純手造りの店「ラーメンなべさん」。真っ白なスープは、豚骨、鳥骨、かつお、こんぶ、野菜を10時間以上炊き上げられている。麺はやや細麺、盛り付けはもやしと味付きチャーシュ。学生いわく「とんこつなのにあっさりスープで優しい味わい」

別府一うまいラーメン

一刀竜、餅ケ浜町にあるラーメン店、大砲ラーメンで修行をしたオーナーが独立して店を出した。定番の豚骨ラーメンから塩・醤油まである。こってりの屋台風とんこつがおすすめ。学生いわく「そんなことより六盛の別府冷麺がオススメ。いける人は女性でも特盛をぺろりと平らげる」

うまいタイカレーを出す店

大分県別府市浜脇の再開発ビル1Fにある「別府タイ料理レストラン トムヤムクン」。ランチタイムは女性客が多く、ディナーは一日一組限定6名までと。マッサマンカレーやグリーンカレー、トムヤムクンなどがある。学生いわく「別府にこんな店があったとは……。夜は要予約なのでご注意ください」

猫

別府の路地裏は猫パラダイス。夕方から夜になると、どこにでも出没する。学生いわく「いたるところで見かける。基本的に人懐っこく人間に好意的」

別府八湯ウォーク

別府八湯を地元住民ボランティアガイドが歩きながら案内する、ウォーキングツアーの総称。プロのガイドとはちょっと違ったスタイルで、観光地ではない、地元住民のおすすめスポットをゆっくりと解説を交えながら楽しく歩く。様々なコースがあり、スタンプ帳の極楽めぐり手帳がある。学生いわく「フロマラソンと違って、歩く」

ネコサファリ

別府市内、主に北浜周辺にいる野良猫を探し写真を撮ってまわるツアー。ねこにはそれぞれ特徴的な名前がついている。有名どころでは「みたさん」「しゃあ・あずにゃぶる」など。ねこ缶バッチも販売されている。学生いわく「捕まえちゃダメだよ」

スーパーにゃんにゃん娘

スーパーマーケットではない。竹瓦かいわいで営業していた女性が男性にサービスする大人のお店。今は建物のみで閉店している。ポケモンGOスタート時、外看板がポケスポットになっていて、話題を呼んだ。学生いわく「大通りからでもわかる、ファンシーな猫の看板が目印」

単純泉

正式名称は「単純温泉」。日本で一番多い泉質。温泉水1kg中の溶存物質の含有量が1g未満の温泉。含有成分量が少ないことにより、刺激が少なくお肌にやさしい。温泉初心者や敏感肌の人の温泉入浴は単純泉から始めるのが良い。学生いわく「よく見るけど、なんだろう?」

八幡朝見神社

1196(建久七丙辰)年に、大友能直公により創建。戦後は、別府温泉の総鎮守として別府市民に親しまれている。学生いわく、「ご神木である大楠木を中心に緑に囲まれた穏やかな場所。おみくじの種類が多く、傘みくじやこどもみくじなど珍しいものが並ぶ」

観海寺温泉

温泉場としては鎌倉時代に発見され、海抜150m別府八湯のうちでも一番見晴らしが良い。老舗旅館や巨大ホテルなど、家族連れや旅行者で賑わっている。地熱発電なども行われている。学生いわく「夜は、道路に設けられた赤い街路灯が幻想的」

旧別府公園

別府市の中心にあり、ウォーキングや犬の散歩、子どもたちの遠足など、市民の憩いの場。1907(明治40)年に開園。第二次世界大戦後は、駐留米軍キャンプ地として使われていたことも。1977（昭和52）年に再整備されたことから、戦前までの公園を旧別府公園としている。学生いわく「現在は幼稚園やマンションが建っており、子どもたちの賑やかな声が響く。付近一帯の車道は、一方通行のオンパレード」

温泉神社

かつて別府市青山町にあった神社。別府八湯の一つの別府温泉の鎮守神である。第二次世界大戦後、八幡朝見神社に合祀された。別府八湯温泉まつりの開会奉告祭と温泉神社神輿の御幸祭など、温泉神社の祭祀は八幡朝見神社で継続されている。学生いわく「古代の人々のあこがれ、別府における温泉の神様。合祀されている現在、単独のお社は存在しないため敷地中探しても見つからない」

萬太郎清水

八幡朝見神社の御神水。「不治の病の父親が、親孝行な息子萬太郎が汲んできた朝見の清水を飲むとすぐに全快した」という伝説から呼ばれるようになった。無料で水汲み場利用ができる。学生いわく「透き通った水が滾々と湧き出ており美味しい。足元に生えている苔に清水が注がれ、光る様はとても美しい。この水を使って淹れたコーヒーや甘酒が境内にある喫茶店で飲める」

二本の大杉

別府朝見神社の表参道を上ったところにある大きな二本の杉の木。「夫婦杉」とも呼ばれ、この二本の杉の木の下を二人で手を繋いで通り抜けると結ばれるという言い伝えがある。楼門の代わりをしているところから、「門杉」とも言われている。学生いわく、「SNS映えするためか、家族やカップルなど多くの人が写真を撮る。シャッターを頼まれることもしばしば」

いちのいで会館

全国でも珍しいコバルトブルー色の青湯の「景観の湯」と「金鉱の湯」の2つの湯を男女日替わりで楽しめる温泉施設。お食事代には入浴料が含まれており、メニューは、5〜8月は松花堂弁当、9〜4月は大分県郷土料理のだんご汁定食。学生いわく「まさに青い湯。この色の温泉は見たことがなく、不思議な感じ」

旅亭松葉屋

松葉屋は「ミドリヤ」として1926（昭和元）年に創業した、老舗旅館で観海寺温泉に今も残る数少ない宿の一つ。1997（平成9）年に建て替えを行い、老舗の趣を残す落ち着きのある和風旅館。別府市街の夜景を楽しめる露天風呂などあり飲泉もある。学生いわく「とても雰囲気がよく、別府の隠れ家的温泉」

べっぷ昭和園

別府の奥座敷（観海寺温泉）、1926（昭和元）年創業の純和風旅館。四季折々の自然に抱かれる約6000坪の広大な敷地内に点在するのは、わずか11棟の客室。金脈が静かに眠るというこの地に、いつの頃から湧き出したという〝金の湯〟が、訪れる人を癒してくれる。学生いわく「まだ行けていない」

美湯の宿両築別邸

別府八湯のひとつ観海寺温泉の高台にあり、42室ある客室すべてから別府の海を見下ろした開放的な景色を楽しむことができる。源泉かけ流しの湯、四季の料理で、ゆっくりと贅沢な時間をすごせるお宿。学生いわく「泉質がよく、癒し効果が高い」

別府最大級の巨大ホテルにある棚湯

別府最大のホテル杉乃井ホテルの施設であるスギノイパレスにあり、日本最大級の露天風呂である。高台にある地形を活かして棚田状に広がる露天風呂からは、別府の夜景や別府湾を一望することができる。学生いわく「棚湯は五段階。五段目は寝湯で、大自然と一体になったような開放感がある」

別府ラクテンチ

１９２９（昭和４）年「別府遊園」として開業した流川通りの終点に位置する遊園地。別府八景のひとつ乙原の高台にあり、山肌をケーブルカーでの移動がたのしみの一つ。あひるの競争や、子どもでも怖くないゆっくり走るジェットコースターが人気。学生いわく「ちびっ子がいっぱい。夏はウォーターパークがあるので大人のお姉さん、お兄さんも来るよ」

乙原《おとばる》の滝《たき》

乙原の滝は、大分県別府市乙原にある滝である。鶴見岳の南側にある船原山の中腹にあり、滝の水は別府市内を流れる朝見川に注いでいる。雄滝（落差約60ｍ）、雌滝（落差約30ｍ）の2つの滝からなる。滝の付近には別府ラクテンチがあり、大分自動車道からも滝の一部が見える。学生いわく「日が暮れてから行ってはいけません」

あひるの競争

１９５１（昭和26）年から行われているラクテンチの名物。8羽のあひるがゴールを目指すレースで、1着を予想する。お尻をフリフリしながら走るあひるに、子どもから大人まで熱狂。当たれば景品がもらえる。学生いわく「割と（園外に）出張しているのを見かける」

高崎山

別府市と大分市にまたがる標高６２８・４ｍの山。中腹には、野生の猿が生息する「高崎山自然公園」がある。名づけ騒動が起こったシャーロットも高崎山のお猿である。学生いわく「電車に乗っていても猿が見える」

甘太くん

「紅はるか」という品種を40日以上貯蔵熟成させ糖度を高めた、大分県限定ブランド芋。安納芋より甘いといわれ、焼き芋にするとしっとりした食感と深みのある甘さが楽しめる。学生いわく「おいしいよ。すっごいべちょべちょしている（蜜の濃度が高いの意味）」

湯～園地

別府市が、市の温泉のＰＲとして、「湯～園地（ゆ～えんち）」計画を公表したのは、２０１６（平成28）年11月のこと。市内の遊園地の協力を得て、本物の観覧車やジェットコースターに温泉計12トンを張って、奇抜な温泉遊園地のイメージ動画を製作した。そして、この動画の再生回数がもし１００万回を超えたら、責任持って実現します！　と、長野市長自らが公約した。果たして、関係者の予想を超えて、たった3日で１００万再生達成！　公約してしまったからにはやるしかない。市長は「反響の大きさに大変驚いておりまして、やってしまった感でいっぱいでございます」とコメント。そして、２０１７（平成29）年7月29日、30日、31日の3日間、別府市にある遊園地「ラクテンチ」の敷地と施設を利用して、期間限定で「湯～園地」をオープンすることを発表。実現に向けた特別チームも立ち上げ、計画の具体化に向けて動き始めた。学生いわく「別府市楽しいなあ」

シャーロット

2015（平成27）年に高崎山で最初に生まれた子ザル。英国王女と同じ名前の命名を巡り賛否両論の声が上がったが、名前の撤回はなかった。そんな騒動も知らず、シャーロットはすくすくと育っている。学生いわく「猿界のアイドル。総選挙堂々の第一位」

血の池地獄

奈良時代に編纂された書『豊後国風土記』に〝赤湯泉〟の名で記された、1300年以上前から存在する日本最古の天然地獄。2009（平成21）年に国の名勝に指定されている。広さ1300平方メートル、深さ30メートル以上、温度は摂氏78℃で、酸化鉄や酸化マグネシウムを含んだ赤い熱泥を噴出している。血の池地獄を一言で表すと「赤い熱泥の池」と言え、昔からこの赤い熱泥で皮膚病薬（現在の血の池軟膏）をつくったり、布や家の柱などの染色を行っていた。学生いわく「赤色というよりか、赤色に茶色を混ぜたような赤土色をしている」

景観の湯

別府八湯のひとつ観海寺温泉にある日帰り施設、いちのいで会館の温泉。露天風呂でほんのり硫黄がかおるコバルトブルー色の青湯からは、別府湾が一望でき、良く晴れた日は遠く四国がみえることもある。学生いわく「別府市内はもちろん、海まで一望できる」

金鉱の湯

別府八湯のひとつ観海寺温泉にある日帰り施設、いちのいで会館の温泉。露天風呂はほんのり硫黄がかおる全国でも珍しいコバルトブルー色の青湯。鉱山跡の洞窟で蒸し湯を利用することができる。学生いわく「洞窟からあふれだす蒸気で全身から汗が！」

夢幻の里　春夏秋冬

別府八湯のひとつ堀田温泉にある立ち寄り湯。ほのかな硫黄のかおり、季節や天気などにより翡翠白色に変化することもある風情ある温泉。堀田温泉の秘湯と呼ばれており、男女別の露天風呂や複数の家族湯がある。晴れた日の滝湯には虹がかかることでも人気。学生いわく「特別感があって良い」

明礬温泉（郷）

別府市の北西に位置する温泉郷、別府八湯の一つ。白濁した温泉が多いのが特徴で、硫黄臭が立ち込めている。明礬温泉の上を高速道路が通っており、ここを通ると硫黄臭がして別府に来たな〜と感じる。学生いわく「別府の温泉地の中でも山側に位置し、辺り一帯が緑であるため目に優しい。湯の花小屋があちこちに存在するためか、常に硫黄の香りで満ちている」

やよい天狗

1973（昭和48）年2月、やよい商店街の火災厄除けとして「やよい天狗みこし」が創作された。毎年4月の別府八湯温泉まつりには「やよい天狗みこし」として雄大かつ尊厳をも感じられる姿を披露し温泉まつりの名物となっている。学生いわく「商店街に見に行くなら、提灯に明かりがともる夜がおすすめ」

温泉カルテ

別府八湯温泉品質保証協会が作成し、（社）別府市観光協会が認証した温泉に関する情報を表示したパネルで、温泉法施行規則で定められた情報はもちろんのこと、その他利用者が関心を寄せる多くの情報がグラフなどを用いて分かりやすく表示されている。最も特徴的な表示内容は、温泉の感覚的（つるつる感やにおいなど）な特徴を表示していることと、浴槽内の温泉の成分を分析していること（従来は便宜上温泉が地表にわき出たところで分析したものを使用していた）。温泉に入浴した際の感覚には個人差があるが、入湯経験豊富な「温泉Gメン」が評価にあたっている

四の湯温泉

亀川温泉の温泉街から少し外れたところ、住宅街の一角にある児童公園脇の共同浴場。学生いわく「公園の中にある小さな温泉」

浜田温泉

古くは浜田鉱泉・内竈の湯とも言われ、明治中期の文献によると発見は1897（明治30）年ごろとされている。1935（昭和10）年に建設された温泉は、1階が温泉、2階が公民館として長年利用されていたが、2002（平成14）年4月、温泉の前に新たに鉄筋コンクリート和風造平屋建の温泉がオープンした。学生いわく「入っていた人がすごくフレンドリーだった」

亀陽泉

別府八湯の一つ亀川温泉郷にある市営温泉、昭和初期の改築で壮大な浴室に改築した時には「千人風呂」と言われていた。現在は建て替えられてバリアフリーとなり大人の入浴料が210円になった。学生いわく「まっさら」

亀川筋湯温泉

亀川温泉の共同湯の中では後発の1914（大正3）年に創設された市有区営の共同浴場。学生いわく「なぜかお賽銭箱がある。外観がカラフル」

競輪温泉

別府競輪場の駐車場敷地にある入場者向けの温泉。別府競輪開催日の7時～17時は無料だったが2017（平成29）年3月31日をもって無料解放は終了した。学生いわく「ボロ負けした後は温泉に浸かってさっぱりと」

とんぼの湯

別府市の亀川エリア、スパランド豊海という別府湾を一望できる比較的新しい閑静な住宅街にある温泉施設。学生いわく、「炭酸水素塩泉の温泉で肌によいとか。飾られた多くの絵画や『いろは』が描かれたロッカーは趣がある」

柴石温泉（郷）

療養効果の高い温泉地として国民保養温泉地、国民保健温泉地として指定されており近くには明礬温泉へとつながる森林遊歩道があります。学生いわく「山奥の秘境のような所だった」

柴石温泉

895年に醍醐天皇が、1044年に後冷泉天皇が病気療養のためご湯治されたと伝えられている。江戸時代に「柴の化石」が見つかり「柴石」と呼ばれるようになったとも伝えられている。学生いわく「バスで行けるが、バス停から登らなければならず夏に行くと暑くて大変」

血の池地獄の足湯

血の池地獄とは、奈良時代に編纂された書『豊後国風土記』に〝赤湯泉〟の名で記された、1300年以上前から存在する日本最古の天然地獄です。その希少性が認められ、2009（平成21）年に国の名勝に

指定されました。この血の池地獄に足湯があり『別府八湯温泉道』のスタンプがある。学生いわく「広い」

長泉寺薬師湯

後冷泉天皇が湯治のお礼にと寄進されたという長泉寺。その境内に佇む湯屋は、前住職が、ご利益を地域の人々にもと建てたものである。学生いわく「温泉があるとは思わなかった」

夜明温泉

大分県日田市にある温泉。学生いわく「廃墟。なんか出そう」

九州八十八湯

温泉大国九州。その泉質はさまざまで湯量も豊富だが、数ある九州の温泉の中から「ホンモノ」にこだわって選定した温泉をめぐり、真の温泉通を目指すのが「九州八十八湯めぐり〜九州温泉道〜」。「九州八十八湯めぐり」対象施設は、数ある九州の温泉の中から、温泉名人たちを中心として組織する『九州八十八湯選定委員会』が厳選した、泉質にこだわった『ホンモノ』の湯である。温泉道はこれらの温泉をめぐることで極められる。

学生いわく「黒川がつよい」

夜明薬湯温泉

大分県日田市にある温泉施設。学生いわく、「いろいろ治せそう」

日田《ひた》市

日田市は、大分県北西部に位置する市である。大分県に位置するが、筑後川水系にあるため歴史的に福岡県筑後・筑前地方とのつながりが強く、この地域の方言である日田弁は肥筑方言の特徴を持つ。学生いわく「夏暑い水郷」

日田天領水《ひたてんりょうすい》

日田天領水は、大分県日田市の地中１０００ｍの水源から採取されるミネラルウォーター。気になるお値段は、３５０㎖で１００円程度。学生いわく「日田で作られた綺麗な水」

進駐軍

戦時中、別府には温泉があったために戦災を受けなかったと言われている。戦後は進駐軍が駐留していた。学生いわく「ＧＨＱもメロメロな温泉」

謎の地下道

別府市の中心部で約1キロに渡るトンネルが発見された。進駐軍の非常時の避難路とされていたのではないかと言われている。学生いわく「別府は魔都市だった……?」

地獄巡り

別府地獄めぐりは、大分県別府市の別府温泉に多数存在する様々な奇観を呈する自然湧出の源泉「地獄」を、定期観光バスなどで周遊する定番の観光コースである。また、これらの地獄の総称としても使われる。海地獄、血の池地獄、白池地獄、龍巻地獄は、２００９(平成21)年7月23日に、別府の地獄として国の名勝に指定されている。学生いわく「別府と言えば!!」

別府七大地獄

『海地獄』『鬼石坊主地獄』『血の池地獄』『かまど地獄』『鬼山地獄』『白池地獄』『龍巻地獄』の7ヵ所。学生いわく「あれ? この間までは八大地獄だった……」

坊主地獄

九州横断道路から明礬に向かう道の角にある本坊主地獄と言われ、別府地獄組合に加盟していない地獄。鉱泥がぼこぼこと噴出する様を見ることができる。鉱泥温泉が隣で営業しており泥湯を満喫することができる。学生いわく「でかい穴がある」

海地獄

『海地獄』は今から約１３００年前、鶴見岳の爆発により出来た熱湯の池である。この池が海の色に見えるところから、『海地獄』と名付けられた。学生いわく「コバルトブルーで涼しげだが、実は熱い海地獄」

鬼石坊主地獄

明治以降「坊主地獄」として観光施設の名所になっていたが、一度閉鎖され新たに「鬼石坊主地獄」としてオープンした。灰色の熱泥が沸騰する様子が坊主頭に似ていることから「鬼石坊主地獄」と呼ばれるようになった。学生いわく「灰色の泥がボコボコ。本当の地獄みたい」

山地獄

ごつごつとした岩肌が連なる山のいたるところから噴気が上がっているため、「山地獄」と呼ばれている。大地を温める温泉熱を利用して、カバやサル、フラミンゴ、クジャク、ゾウなど世界各国の珍しい動物たちが飼育されている。ゾウやカバにはエサをやることもでき、イキイキした光景を見ることができる。学生いわく「まるで動物園のよう」

かまど地獄

かまど地獄は、温泉湧出量、日本一の大分県別府市の地獄めぐりのひとつ。泉温90℃の噴気で、古来より氏神の竈門八幡宮の大祭に、地獄の噴気で御供飯を炊いていたのが名前の由来となっている。また1～6丁目までの地獄の見どころがあり、1カ所で様々な地獄を楽しめる贅沢な地獄。実は内湯もある。学生いわく「数か国語を操るガイドさんがいる」

鬼山地獄

鬼山地獄は、別名「ワニ地獄」とも呼ばれている。１９２３（大正12）年に日本で初めて温泉熱を利用し、ワニ飼育を開始した。現在、クロコダイル、アリゲーターなど、約70頭のワニを飼育している。学生いわく「ワニがうじゃうじゃ。本質（地獄）を見失っている」。作者いわく「一番好きな地獄」

白池地獄

落ち着いた雰囲気の和風庭園にある池は、青みを帯びた白色をしている。これは、噴出時は透明な湯が、池に落ちた際、温度と圧力の低下により青白く変化するためである。学生いわく「ピラニアがいる」

龍巻地獄

「龍巻地獄」は、別府市指定天然記念物の〝間欠泉〟。一定の間隔（30～40分）で熱湯と噴気を噴出する。熱と勢いを孕んで噴き出す豪快なさまは、まさに地獄に吹き荒れる龍巻きのようで圧倒される。２００９（平成21）年には、海地獄、血の池地獄、白池地獄と共に、国の名勝に指定された。学生いわく「突然噴き上がる間欠泉にびっくり」

湯布院

別府市のお隣、由布市湯布院町は、由布岳の麓の由布院盆地に湧く温泉地。油屋熊八が客人をもてなすための別荘を作り、かつて別府の奥座敷と呼ばれていたが、今や全国人気温泉地ランキングの上位に君臨する国内屈指の温泉地である。牛喰い絶叫大会などユニークなイベントを開催するなど、まちづくりの先進地としても注目されている。
学生いわく「シャレオツなので、地元民でも恐る恐る遊びに行くスポット」

血ノ池軟膏

戦前から受け継がれる血の池地獄の熱泥を使った皮膚病薬。現在でも軍人さんが傷薬の代わりに泥を取りにきていた写真が残っている。血ノ池軟膏の歴史は古く、記録が残っているのは明治時代から。当時は貝殻に泥を詰めて売っていた。学生いわく「思ったより、高級。軟膏の色が、池の色よりも、赤々としていて、肌につけるのをためらう」

毎年湯あみされている一遍上人

鉄輪温泉は、鎌倉時代に時宗の開祖・一遍上人が開いたとされる湯治場である。一遍上人は「捨て聖」と呼ばれ、俗世の欲や執着を捨て、体や衣がボロボロになりながらも全国を布教して歩く「遊行」という旅の途中、鉄輪へ立ち寄ったと伝えられている。その頃の鉄輪は、地面から噴気や熱湯が噴出する地獄によって、村人たちが大変苦しめられていたといわれている。一遍上人は、この荒れ狂う地獄を鎮め鉄輪の村人たちを助け、最後までどうしても止まらなかった地獄を利用して「むし湯」を創ったとされる。この噴気には不思議な力が宿っており、病気やケガなどで困っている人たちを癒してきたといわれ、これまで多くの人々に利用されてきた。鉄輪の人たちは、この一遍上人の「おかげ」に感謝し、毎年秋に「湯あみ祭り」を催し、上人様を沐浴させる「湯あみ」や上人様にお湯をかける「湯かけ」などで感謝の気持ちを表している。この広場は旧むし湯跡地を整備したもので、鉄輪むし湯の歴史を後世に伝えるため、旧むし湯の石材を使い、むし湯の石室を復元したモニュメントを設置している。また、となりの「湯かけ上人像」は、年に一度「湯あみ祭り」の時にしかできなかった「湯かけ」が、いつでも誰でもできるようにと、鉄輪温泉共栄会及び湯かけ上人像建立実行委員会の企画により設置されている。学生いわく「365日、源泉垂れ流しで湯あみしているわけではなかった……」

鶴寿泉

大友宗麟（1530〜1587）が湯治場として開発し発展させたと伝えられる明礬温泉の一角にある鶴寿泉。古くは下の湯、鶴亀泉とも呼ばれていた。昔も今も、湯の花小屋から白い湯けむりが立ちのぼる光景は変わらないが、旧藩時代には日本一の良質な明礬の採取地として有名であったと伝えられている。学生いわく「湯の温度は熱め。入口の正面中央に二体のお大師さまお地蔵さまがいらっしゃる。その右側に温泉スタンプが置かれているのを見逃してはいけない」

地蔵泉

上の湯、地蔵湯とも呼ばれる地蔵泉は旅館街に囲まれた場所にある。古くから開かれた浴場で、鎌倉時代に大友頼泰が湯坪を掘り地蔵菩薩を安置したことが、この温泉の始まりと伝えられている。学生いわく「休業中だが、岡本屋売店の正面にある細い道を抜けたところにひっそりと存在し、今でも湯気が立ち昇っている。入口より入って右手に三体のお地蔵さまがいらっしゃる」

湯《ゆ》の花《はな》

湯の花とは、温泉の不溶性成分が析出・沈殿したものを指す。「湯の花」以外にも、湯花、湯の華、湯華など、複数の表記がある。一般に入浴剤などの用途で採取・販売されている。学生いわく「一日一ミリという成長速度。湯の里にて、湯の花を製造する湯の花小屋が無料で見学できる。お土産グッズも目白押しでお財布がとても軽くなる」

観音様の石像

扇山のふもとに存在する綿津海乙姫観音がモデルとされる。乙姫のはずだがなぜか亀に乗っている。学生いわく「どうして浦島太郎ではなく乙姫が乗っているのか、そもそもなぜ海から離れたこの地に乙姫なのか、説明文もないため登山者は首を傾げる」

スクランブル交差点

鉄輪バスセンター付近の老舗レストラン「レストラン三ツ星」前にある交差点で、別府で唯一のスクランブル交差点と言われている。学生いわく、「スクランブル交差点というよりただの横断歩道。車を止め、人間に自由な方向に歩くことを許すのがスクランブル交差点なのに、全然スクランブってない」

湯けむり

別府温泉の象徴として親しまれている湯けむりの正体は、温泉から放出された水蒸気が、空中で凝結して、微細な霧状の水滴になったもの。しかし、湯けむりは別府温泉のどこにでもあるわけではない。別府では、道路の側溝を流れる温泉水から、湯気が立ち昇っている光景が良くみられる。この湯気も水蒸気が凝結したものだが、別府では、それらを湯けむりと呼ぶことはめったにない。地面近くをただよい、ほどなく消えてしまうからだろう。湯けむりとは、まさに真っ白い湯のけむりが、空中高く立ち昇り、かなり遠方からも明瞭に見えるときに許される呼称のようだ。学生いわく「夜景も絶景」

二十一世紀に残したい日本の風景百選

別府の湯けむりは、２００１（平成13）年ＮＨＫが募集した「21世紀に残したい日本の風景」で富士山に次いで全国第2位に選ばれた。また展望台からの夜景も２０１０（平成22）年に「日本夜景遺産」に認定された。学生いわく「鉄輪の町並み、湯けむりの向こうに見える扇山、どの世代でも心を擽られる何かがある」

大谷公園

鉄輪の入口にある憩いのスペース。シルクロード探検で知られる西本願寺22代門主の大谷光端の住居跡地であり、石碑やモニュメントが建立されている。学生いわく「公園の階段を上がったところにある足岩盤浴がイチオシ。素足厳禁で靴下のままで、足がポカポカ」

湯雨竹《ゆめたけ》

現在東海大学の教授である斉藤雅樹先生が考案した竹製温泉冷却装置、ひょうたん温泉や渋の湯で見ることができる。温泉に加水することなく冷まし源泉のまま利用することができる。学生いわく「先人の知恵の最高峰」

地獄蒸し工房

「地獄蒸し工房鉄輪」は、摂氏98度、１００％地熱エネルギーの温泉噴気を利用した、鉄輪では江戸期頃から用いられていた伝統の調理法「地獄蒸し料理」を体験できる施設。学生いわく「スタッフ皆の顔が真っ赤で心配になる」、「すぐ横に飲泉場もある。温度は98度。飲めるか!」

いでゆ坂

鉄輪温泉のメインストリート。学生いわく「通りにある『ヤングセンター』が気になって夜も寝られない」

湯けむり通り

鉄輪いでゆ坂の『ヤングセンター』から九州横断道路に抜ける道、道の真ん中から湯けむりがもうもうと立ち上がる様からこの名前がついた。学生いわく「路が入り組んでて、迷子になりそう」

湯の川

鉄輪の旅館街を流れる川には、源泉からあふれた温泉が流れ出ており、湯気があがっていることから「湯の川」と親しまれている。水温が高いため、熱帯魚が生息しているらしい。「湯の川」というバス停もあり、旅情を誘われる。学生いわく「別府の川にはほとんど湯が混じっている」

ひょうたん温泉

ひょうたん温泉のはじまりは、創業者順作の妻マツへの〝思いやり〟から。1922（大正11）年、順作がマツのリウマチを癒すために温泉を掘り当てたことから始まった。創業当初、一番最初に作られたのがひょうたんの形をした岩風呂で、この岩風呂は現在も女湯に残っており、多くの人に親しまれている。学生いわく「外観が旅館みたいできれい」

ひょうたん風呂

ひょうたん温泉にあるひょうたんの形を模した湯舟。学生いわく「予想していたよりも広くて、ゆっくり湯につかることができた」

ひょうたん閣

1927（昭和2）年には、高さ18m・7階建ての展望台〝ひょうたん閣〟が建てられ、このひょうたんの形は順作が豊臣秀吉を好きだったことから由来している。秀吉の旗印が千成瓢箪だったことから、ひょうたんの形を作るため、全国各地から曲がった木を集めてまわり、建てられたらしい。すでに形は無くなってしまったが、当時はハイカラでどこからでも見えたと言われる展望台。今でもその遊び心は形を変え、家族風呂や中庭に現れている。学生いわく「写真が風呂に入りながら見られるよ」

別府タワー

1957（昭和32）年に完成し高さ90m。「塔博士」として有名な内藤多仲早大名誉教授の設計によるもので、名古屋テレビ塔、通天閣に続く〝三男坊〟。レンタル自転車店、カラオケ、展望台などが入っている。学生いわく「それほど高いとは感じないが、なぜか目立つ建物」

グローバル・タワー

1995（平成7）年完成、高さ125m。大分県出身の建築家・磯崎新氏によるもの。作家福永信氏が別府を訪れた際に「グローバルタワーにて」を執筆。学生いわく「初めて見たときの衝撃が忘れられない、特徴のある建物」

七ツ石温泉

別府市荘園町の七ツ石稲荷神社の境内にある浴場。この地は、1600（慶長5）年、黒田如水軍と大友義統軍による石垣原合戦の舞台となった古戦場としても知られる。境内には巨石もある。学生いわく「願いごとが叶いそう」

ちちまわされる

「ちちまわす」の受動態。大分弁でボコボコにするという意味。〝ちち〟は〝打ち〟がなまったものと言われており、厳しく叱ったり、激しく怒ったりする時に使われる。学生いわく「卑猥な言葉ではありません」、「我々も言うし、言われる」

野口天満神社

別府を東西に走る幸通りと境川の交差に鎮座する神社。1577（天正5）年にこの地に鎮座。何度となく大地震や洪水に見舞われるも、強固な堤防を築き永く神域が守られた。境内にはなぜかライオン像が祀られている。学生いわく「猫の集会所」

ユニコーンの銅像

別府大学の中庭に、ユニコーンの頭部の銅像が鎮座している。2003（平成15）年創立95年を記念し、市内の運送会社より寄贈された。もともとは、県内某所にあったユニコーンの立像の頭部ではないかという噂もある。学生いわく「あまりユニコーンとは認識されておらず、『馬』とか『銅像』と呼ばれている」

三つの源泉

本当は四つある。〝別府大学の湯〟は学生寮の浴場や体育館で使われていて、一般の方には、別府大学附属施設である「香りの博物館」の足湯で利用できる。学生いわく「別大生でもなかなか入れない」

大分香りの博物館

別府大学附属施設で、香りの歴史や文化について展示が行われているほか、香水瓶コレクションもあり、香水作りも体験できる。学生いわく「ワンコインで入館できる年中無休の博物館。カフェがあったり、香水が作れたりするが、駅から遠い」

あとがき

移り住んでみると、別府はおかしな街だった。

特別、温泉好きというわけではなかったが、実家が有馬温泉の近くにあり、学生時代には野沢温泉や下呂温泉といった、いくつかの温泉地を訪れた経験から、別府温泉も旅館やホテルに源泉が引かれ、みやげもの屋が並ぶ小さな温泉街があるのだろう、と高をくくっていた。ところが、そんなものはいつまで経っても見つからなかった。広大な市内に、湯がどばどばと垂れ流されている――それが別府だった。月数百円で入りたい放題の共同浴場がそこらじゅうにあり、どんな時間でも温泉セット片手に出歩く人がいて、車道の排水溝からは湯気が立ち上っていた（最初は有害なガスが発生しているのでは……と警戒したのも、もはや懐かしい）。

そんな街で、福永信さん、円城塔さんをお招きし、文学イベントを開催したのが、この作品の始まりだ。こちらは、お二人の創作活動について語っていただければ、と軽い気持ちでオファーしたのだが、せっかくなので別府にこだわりたいと、ありがたい申し出をいただき、相談の結果、「青空文庫」を「別府」で横断検索、ヒットした部分を抜粋し、別府ビギナーの三人で、想像の「別府」を語り合い、さらには「別府」という言葉が登場する小説の断片を書きおろすことになった（作品は、その後、完全版を『大分合同新聞』に掲載していただいたのち、「青空文庫」で無料公開されている。また同じ三人で、全国行脚計画も進行中である）。

イベントの様子は「すばる」（二〇一六年七月号）に採録していただけることになり、話の流れで、その「すばる」にも別府作品を新たに書くことになった。

そこで用意されたのが本作である。といっても、当初は、愛夢ルナを主人公に据えて、おとなりの研究室の山野敬士先生から聞いた「別府七不思議」について書く構想だった。しかし、どうにも筆がのらず、〆切を破ってしまった翌日、たまたま通りがかった駅前で見つけたのが「べっぷ♨フロマラソン」の暖簾だった。

そのおかしなイベントの内容は本書に記した通りなのだが、せっかく別府を舞台にするなら、別府温泉の広域なさまを描きたいと思っていたところに、別府中を駆けめぐるイベントが救世主のごとく現れたものだから、さっそく受付で根掘り葉掘り話を聞き、そこから十日ほどで書きあげたのが、この作品であり、大筋はほぼそのままである。ところが、「すばる」からの依頼は、原稿用紙三〇枚だったのに、本作は一三〇枚ほどあったので、当然のごとく掲載は見送られた。

そのまま一年近くが経ち、ついには第二回「べっぷ♨フロマラソン」の受付まで始まってしまった。完湯すれば『別府フロマラソン』の刊行が決まるのではないか、という妙な期待を抱きながら、勢いで申し込みを済ませ、夜明けごろ、スタートラインに立った。

初日は徒歩、二日目は温泉バスを利用し、どうにか二日で四二・一九五湯を完湯。翌日は湯当たりを起こすのでは、と思っていたら、温泉道名人まで残り十湯を切っていたこともあり、むずむずと温泉に浸かりたくなり、温泉まつり最終日にはひとり別府フロマラソンを敢行する始末だった。

さて、そんな想いが通じたのか、数々のご縁が重なり、一年近く放置されていた本作が再び動き出し、三ヵ月後には書肆侃侃房さんより刊行していただける運びになった。どうやら湯は万能らしい。

フロマラソンのスタートラインに立ったときのことを思うと、その後の急展開は、別府七不思議に数えたいぐらいの、奇跡の連続で、本書が無事に出版され、しかも別府温泉道名人会による重厚な注釈と学生による悪戯心あふれる一言コメントが併録され、そこに別府在住のイラストレーター藤沢さだみさんによる素敵な装丁やイラストマップが加わり、どこから読んでいただいても別府満載の楽しい一冊になりましたことを、関わってくださったすべての皆様に心より感謝申し上げます。

別府にゆかりがあるなしに関わらず、読者の方にも、この別府のおかしさを少しでも感じ取っていただければ作者冥利につきます。

別府に移り住んだころには、こんなことになろうとは微塵も思っていなかった。いや、温泉を使った天然のテーマパークといえる別府地獄めぐりはまだしも、四二・一九五湯を三日で駆けめぐるイベントや、遊園地を丸々温泉アトラクションに変えてしまう街が、この世に実在するなんて思いもよらなかった。

別府はやっぱりおかしな街だと思う。なによりも別府に感謝したい。

六月三〇日

著者

Special Thanks：

福永信
円城塔

田代しんたろう
たしろさなえ
山野敬士
オカナ・トマース

石川万実

佐藤正敏
郷原誠
石井靖史
八木みちる

前畑文隆

茶房たかさき
野上本館
野うさぎ
柳屋
冨士屋 Gallery 一也百
すじ湯

園田寛真
吉岩美海
安藤美穂
有馬薫子

赤星智里
宇都宮伶菜
江口文香
大津留恵里
大曲美輝
岡本舞
嘉村ほなみ
川野今日子
清田冬蘭
清田桃香
佐藤由貴
立元大祐
野田琳愛
橋本真美
花房里緒菜
平碓明日香
本城澪菜
本多政道
宮本佳林
森玲菜
山縣恵実
和田一花

別府大学　温泉愛好会

本書は書き下ろし作品です。

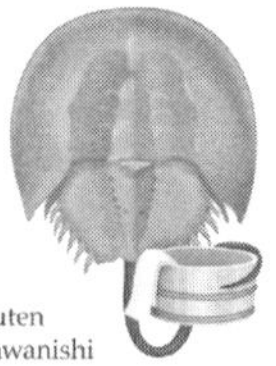

■著者プロフィール
澤西 祐典（さわにし・ゆうてん）

1986年生まれ。京都大学大学院人間・環境学研究科博士後期課程修了。

2011年『フラミンゴの村』（集英社）で、すばる文学賞受賞。

その他、共著『文学2014』（日本文藝家協会編、講談社）、『小辞譚』（猿江商會）等がある。

2015年秋より、別府大学文学部国際言語・文化学科講師。

第二回べっぷフロマラソン完湯。第7037代別府八湯温泉道名人。

※本書の売り上げの一部は、熊本・大分地震で被災した梅園温泉の再建に寄付されます。

別府《べっぷ》フロマラソン

2017 年 8 月 10 日　第 1 版第 1 刷発行

著　者　　澤西 祐典
発行者　　田島 安江
発行所　　書肆侃侃房（しょしかんかんぼう）
〒 810-0041
福岡市中央区大名 2-8-18-501（システムクリエート内）
TEL 092-735-2802　FAX 092-735-2792
http://www.kankanbou.com
info@kankanbou.com

DTP　黒木 留実（書肆侃侃房）
印刷・製本　株式会社西日本新聞印刷

ISBN978-4-86385-271-6 C0093